新井一二三

旅行
是为了找到
回家的路

[日] 新井一二三 著

上海译文出版社

自序

一辈子的旅人

在《独立，从一个人旅行开始》里，我写过从十五岁起，一个人旅行去国内、国外各地的经历。后来很多次，被人问：那学校毕业，出社会以后呢？结婚生孩子以后呢？现在是不是没有了以前那么多自由时间去旅行？

每次，我都要尽力说明：过旅人生涯，并不需要每年出国旅行的，所需要的，首先是对远处的憧憬，想发现另类生活的渴望，年轻时曾不怕孤独出过门的记忆。这样子，拥有了旅人精神以后，就能过一辈子的旅人生涯了。好比学会了一门外语以后，能过一辈子的双语生活一样。

果然也有人问我：你在日本住，平时有机会讲英语、汉语吗？我都要尽量说明：语言能力，或者其他任何知识，别人都无法偷走的。我脑子里，除了母语日语以外，一直有英语、汉语；即使每天的生活中见到的全是日本人，打开电脑，就能看到世界各国朋友的消息。

尤其脸书普及了以后，终于能够在同一个平台上，用多种语言交流并发出消息了。以前我认为：世界的大小是由自己脑袋的大小决定的。如今看脸书，我颇有感觉：很像是自己的脑袋投射出来的影像；朋友们写着日文、中文、英文、法文、西班牙文，也有人写着我无法确定到底是什么语言的短文。

那是个波斯尼亚出生的文学博士，在德国大学教书，来日本大学当访问学者的时候，我们彼此认识。因为她女儿插班进入了我儿子当时上的小学班级，班主任每天发的班报里写了什么内容，我一一翻成英文转告她。例如，夏天启用学校游泳池以前，同学们要抓浊水里的水蚕，然后带回家各自饲养，记录变化。水蚕是什么东西，我本来都不知道的，何况用英语说。幸亏小孩子告诉我说：水蚕就是蜻蜓的幼虫。那该是 baby dragonflies 了，没错吧？关键在于，班主任提醒各位家长：为了抓水蚕，同学们需要带雨靴来。波斯尼亚博士又糊涂了：游泳池里抓蜻蜓婴儿，我懂了，可怎么要穿雨靴呢？日本人游泳不穿凉鞋，要穿橡胶制长靴吗？于是我给她解释：没错，就是橡胶制长靴，因为日本学校的户外游泳池是早一年九月用完之后，好几个月都没做清洁的，就是在那浊水里，蜻蜓生下的蛋孵化成水蚕，老师不忍心叫孩子们穿着运动鞋在浊水里活动，所以特地提出带雨靴来。啊啊，原来如此！波斯尼亚博士终于明白了。可惜，她也没有远从德国带孩子的雨靴来日本。

如今她回到德国，脸书上写着德语、英语，还有我无法确定的语言，该是波斯尼亚语言吧，好像以前叫做塞尔维亚－

克罗地亚语的，现在叫什么了？每次，看到那无法确定的语言时，我就回想起游泳池里孵化的水蚤来，自我娱乐一番。那感觉很像旅行，我和她又似是在叫做“人生”的旅途上偶尔碰到的两个旅人。何况她说，德国住家的厨房墙上，一直贴着跟我们一家一起去东京西部御岳山时拍下的照片。

这本书里，我主要写了学校毕业、出社会、有工作、成家生育以后，如何继续做旅人。第一章《寻找世界的入口》里讨论，培养了旅人精神后，阅读、美食都会带来类似于旅行的满足感。一直关在饭店里，也会留下跟一趟旅行一样多的回忆。第二章《东京旅行故事》中的文章更要证明：日本国内，甚至东京市内的移动也都会成为印象蛮深刻的旅行经验。我也想通过第三章《旅行家的饭桌》给各位读者介绍，如何把旅行经验融入于日常生活，把每天的日子当旅行过下去。

年轻时候的旅行会像参观世界博览会，拿着“护照”要收集尽量多的入境印章；年纪大了以后，却能享受到重游旧地的滋味。或者如我在最后的第四章《独特的旅行一册：日本人的南蛮情结》里实践的，把几个曾游之地的记忆缝合起来，做成自己独特的旅游回忆。

总之，我特爱旅行，也很珍惜过去的旅行留下的记忆。因此，我劝年轻朋友们趁年轻多去旅行，也劝上了年纪的各位，趁身体健康多走几个地方。如果你现在的条件不允许出门旅行的话，我希望你能通过阅读或品尝美食等，尽量享受这一趟人生之旅。毕竟，我们都是走同一条路的旅伴呢。

寻找世界的入口
——二〇一二年三月上海复旦大学演讲稿

只要认真寻找世界的入口，你一定找得到世界。因为世界本来就属于大家，世界也就属于你。但是为了进入世界，首先你得一个人离开家。

0

今天，我演讲的题目是《寻找世界的入口》。我这么说，你也许觉得奇怪。到底是什么意思？我们不是早已经生活在世界上了吗？怎么还需要找个入口呢？

1

我在日本东京长大。对小时候的我来说，世界是很遥远的地方。世界是美国，世界是欧洲，都是在电视旅游节目里能看到，但是我身边没有人去过的地方。

讲语义的话，世界是包括地球上所有国家和地区以及男女老少全人类的，当然也应该包括日本在内。可是，当年住在东京都新宿区的小巷里，我的活动范围特别小，跟大世界简直沾不上边似的。如果有人告诉我，你也是世界的一分子，恐怕我会以为他是个骗子。

从我家到学校，新宿区立淀桥第四小学，走路不到三分钟，而且巷子特别窄。窄到什么程度呢？两个行人擦肩而过都需要侧身。有一次我家对面的同学家房子失火，但是救火车开不进来，只好把消防水管放得很长很长，花了好几个钟头才灭了火。那是我小学二年级的冬天，已经几十年过去了，可是心中的不安至今记忆犹新。

那一带密密麻麻盖的木造房子，都是平房或者两层楼，包括我自己住的家。有些大机关，如当年的日本国铁或者日本银行，为职工家属盖的宿舍是四层楼的水泥公寓。那是附近最高的楼房，由我看来够气派。所以，我的世界不仅很小，而且很矮。

下课回家以后上河合乐器的音乐教室、书法班、珠算班，都是在走路五分钟的范围内。有时候，替母亲去买东西，也都在家附近个人开的蔬菜店、面包店、鲜肉店、南北干货店。平时去的最远的地方，也不过是同一个学区里面的一些朋友家。路上要经过一条大马路叫大久保通，有个红绿灯，看右看左后走过马路，对当时的我来讲，是最大的冒险了。

2

我懂事的时候，家里已经有一辆车了。到了周末，父亲会开车带我们去东京郊外的河边、海边、山区等等。讲距离的话，大概每一趟都有上百公里吧。但是，我并不觉得我的世界因此而扩大了多少，因为我只是坐在父亲开的车子里，并没有离开父母提供的环境。我从小就相信：有自由的地方才称得上世界。电视节目里出现的外国人都显得好快乐，好自由自在。否则的话，我也不会幻想：长大以后一定要去闯世界。

有几次，我自己去过住在东京东部的姥姥家，是大约一个小时的旅程。单独一个人出门，坐电车看窗外的风景，那感觉很自由，讨人喜欢。我从小就喜欢火车多于汽车，因为火车上有别人，有社会。

3

我小学三年级的时候，一九七〇年的暑假里，父亲开五百多公里路，带我们去大阪参观了世界博览会。那是在一九六四年的东京奥运会以后，全日本都好期待的国际性活动。许多人从东京坐刚开通不久的新干线去了大阪。我也好憧憬据说跟子弹一样快的新式列车。但是我家孩子多，那年老五弟弟正在母亲的肚子里。坐新干线去，会很麻烦，费用也会非常贵，所以我们还是被塞在父亲开的小车子里去了。

夏天的大阪特别热，只比夏天的台北好过一点点而已。那年，大弟弟四岁，妹妹还不到两岁，母亲挺着大肚子，一家六口子排队参观一个一个场馆实在不容易。可是，我们手里有一人一本所谓的“世博会护照”，进一个场馆就给你盖一个印章，和真正的护照上盖出入境图章一样。我恨不得拿那本护照，到各个国家的场馆去收集更多的印章。比我大两岁的哥哥，从小跟我性格完全不同，乖乖的，就没有那种欲望。父母拿我没办法，叫我自己去逛会场。我会看看哪个场馆外边的人龙比较短，容易进去。反正，我感兴趣的主要是不同国家的印章，而不是里面的展览，所以去哪个场馆并不重要。

4

就那样，我自己进入了一个东欧国家的场馆，好像是匈牙利的。里面有什么展览，我一点都不记得了，却至今忘不了，那场馆里卖着一种食品，是当地风味。我特想尝一尝，所以跟母亲要了钱，买来吃。上面有白色的酱，看起来像生日蛋糕上的鲜奶油，可是吃起来一点也不甜，反而是酸酸的。现在回想，应该是酸奶油（sour cream）吧，可当时的我就是吃不惯，非得偷偷地扔掉，因为生怕母亲知道了以后会骂我浪费钱。没有错，我是浪费了钱，但我是被它的异国情调所吸引，就是想尝一尝，结果吃不惯都心甘情愿，因为吃不惯的东西更加充满异国情调。

那天，我似乎生平第一次摸到了世界的门。那儿是没人排队的冷门场馆，卖的食品味道很奇怪。可是，一个人站在微暗而稍冷的屋子里，我暗自感到兴奋，好比发现了父母都不知道的秘密。

世界的入口在哪里？我大概是那个时候开始寻找的。

5

上了初中以后，我看了许多日本人写的旅游文学。也许跟大阪世博会上的经验有关吧，对大家想去的美国、英国、法国等，我始终不大感兴趣。反之，相对少有人去的地方，如东欧、西班牙，还有南太平洋上的岛屿新喀里多尼亚等地方，会刺激我的旅游梦想。

不过，无论如何梦想，当时的我是没有条件去国外的。一九七〇年代的日本，出国旅游刚开始流行。但那是新婚夫妻去度蜜月，或者考取奖学金去留学，又或者农民卖土地忽然发了财等，在种种特殊的情况下才可行的大事业，而并不是小孩子说了父母就会答应的事情。所以，我初中时候的初步计划是：尽量在日本国内去单独旅行。我深信旅行会打开世界的门。

6

从高中一年级开始，我每逢学校假期，都买当年日本国铁的周游票，并预订青年旅社的床位，去单独旅行一个星期。

第一次旅行的目的地是日本海边的金泽市和能登半岛。我从小在日本东南部的太平洋岸边长大，之前没看过西边夕阳下去的大海。日本海那边有朝鲜半岛和中国大陆。哎，那想象叫我多么兴奋。日本是岛国，除非过海，我们是出不了国门，到不了国外的。半岛是在岛国里面最接近世界的地方。我从此对半岛情有独钟。

高中毕业以前，我去了总共五六次的单独旅行。只有一次，和一个女同学一起去了日本最大的湖泊琵琶湖。结果，我觉得没有单独旅行好玩，因为单独旅行才能够真正离开平时的生活、平时的自己，也能够尝到孤独的滋味。在没有人认识我的环境里，试图扮演跟平时有所不一样的自己，或者稍微调整一下原有的个性，我认为那才是旅行的乐趣。所以，去哪里并不重要。但有朋友在身边，哪好意思临时改变人格？人家会以为我不是骗子就是神经病了。

平时的生活是在父母给予我的环境里进行的，离开那环境意味着我会进入另一个世界。但是，世界的入口究竟在哪里？

7

我生平第一次出国是大学二年级的夏天，到北京参加了四个星期的汉语进修班。那是早稻田大学中文系的同学们通过旅行社，跟北京华侨补习学校联系而策划的节目。我算是经老师介绍，付钱参加了一个旅游团。

一九八二年的北京，跟当年的东京很不一样，和现在的北京也是完全两回事了。不过，对我来讲，关键在于中国是外国，也许通往世界。

在众多国家里面，怎么选择去了中国？最直接的原因就是早一年春天上大学的时候，作为第二外语，我选修了汉语。那究竟为何选择了中文？是因为我觉得中国很亲近，也因为我觉得中国好遥远。大概“遥远”的感觉更加重要，毕竟我寻找的是世界的入口。

关于一九八二年夏天在北京的经历，我在《独立，从一个人旅行开始》那本书里有一个章节专门讲述，所以在这儿不赘述了。总而言之，那四个星期的经验，对我有了非常大，可以说是关键性的影响。所以，我劝所有年轻朋友，若有机会一定要去国外。

在许多忘不了的经验里面，最重要的大概是，有一天晚上，我去北京火车站看见了一班列车正往莫斯科出发。那个时候，我深刻体会到了：中国是欧亚大陆上的国家。从北京出发，可以通过西伯利亚平原到莫斯科，在那儿换车，就能去柏林、巴黎、罗马、伦敦、阿姆斯特丹。那晚，目送着国际列车，我由衷受了感动。就是在那一刹那，我发现了世界的入口。

8

世界的入口，当然并不限于北京火车站的国际列车站台。我估计，其实任何地方都可以成为世界入口的。例如，我丈夫说，他在中国台北的万华找到了世界的入口。万华只是一个繁华区，使那儿成为世界入口的，不外是他自己在那儿的某些具体经验。我当时没有跟他在一起，所以不知道到底发生了些什么事情。可是，我还是能想象：一个人，一个年轻人，生平第一次真正离开自己从小熟悉的环境，到一个完全陌生的地方，经验之前想都没有想象过的事情。那时候在他面前，一个完全新的世界打开门，或者你至少看得到世界入口的把手了。

世界上有很多不同的国家、不同的语言、不同的民族，我们从小就听说过。然而，不是在书本上、不是在电视上、不是在银幕上，而是在现实中，自己亲身体会到的时候，你大概才会看到世界的入口了。

9

从前的人，因为交通工具没有今天发达，一般没有条件去国外旅行。但是，有不少人还是通过旅行进入了世界。

比方说，日本十七世纪的江户时代，有一个俳人，即俳句诗人，叫做松尾芭蕉。他是历史上最有名的俳人，甚至有俳圣（俳句圣人）的别名，估计很多人都听说过。芭蕉四十五岁的时候，带着一名徒弟，往日本本州岛北部，也就是在二〇一一年三月十一日的大地震中严重受灾的东北地区徒步出发，然后花上七八个月时间，总共走了两千四百公里路。那趟旅行的记录以《奥之细道》（有中译叫《奥州小道》）的书名出版，成为松尾芭蕉的代表作，也是日本纪行文学的代表作。

芭蕉这个人挺有趣的。他本名叫松尾宗房，做了俳人以后，改名为松尾桃青。他三十六岁的时候，到江户即今天的东京，在一个叫深川的河边小村子盖小屋，独自住了下来。有一天，一个徒弟送给了他一株芭蕉。谁料到，那株芭蕉就在他院子里繁茂起来了。芭蕉这种植物，一般是在热带、亚热带地区繁殖的。他徒弟带来的一株，估计是有人从琉球，也就是今天的冲绳带过来的。总之，由日本人，尤其是十七世纪的江户人看来，它充满着异国情调。他生性爱旅行，对异国事物的憧憬特别强烈，所以，在自己的院子里有热带植物繁茂起来，感到非常高兴，从此自称为松尾芭蕉了。

松尾芭蕉写的《奥之细道》收录于日本中学的古文课本，对书中的文章和俳句，许多日本人都相当熟悉。序文是这样开始的：月日是百代过客，流年又是旅人。这一句话表达的思想，其实不是他的独创，而是取自中国唐代诗人李白的《春夜宴桃李园序》。李白写：夫天地者，万物之逆旅；光阴者，百代之过客。逆旅是旅馆的意思。所以，李白是说：世界是万物的旅馆，时间则是永远的旅人。

江户时代的日本文人对中国古代文学的造诣相当深。他们是把唐诗、宋词当世界古典鉴赏的。松尾芭蕉的不少俳句也引用了李白、杜甫等的作品。除了序文开头以外，《奥之细道》中还有一个特别有名的俳句作品：夏草萋萋，武士长眠留梦迹。那也是根据杜甫《春望》的“国破山河在，城春草木深”而写的。

芭蕉一辈子做了好几次旅行，虽然都是在日本国内，但是他的思想却超越了时空的限制，跟唐朝时期的李白、杜甫相应。显而易见，文学作品会成为世界的入口。也不仅是文学作品，应该可以说，任何形式的艺术以及宗教等，都会提供世界的入口。

10

尽管如此，我还是想强调旅行的意义，旅行的有效性。李白之所以把世界比作旅馆，把时间比作旅人，跟他自己的旅行经验一定有关系。芭蕉之所以把岁月比成旅客，也是他自己控制不住漂泊之欲望，正要启程的时候。

十八世纪英国的贵族，让孩子读书完毕以后，最后送到欧洲大陆的意大利、法国等地方去旅游几个月到几年，叫做Grand Tour或壮游，算是教育性的成年礼。可见，旅行对个人成长的意义，早就是世界公认的。

11

我们为什么要寻找世界的入口？或者说，通过那个入口，我们究竟要到达什么地方？

这里我想举一个例子。十七世纪的松尾芭蕉居住的地方，也就是今天的东京都江东区深川，二十世纪又出了一个重要文人。他叫川田顺造，是位著名的文化人类学者。他把结构主义大师克劳德·列维－斯特劳斯的《忧郁的热带》翻译成日文，自己又花了很长时间在非洲做了田野调查，从巴黎第五大学获得了博士学位。

我最近看了他两本散文集《从江户（东京的下町）出

发——去往被经历过的记忆之旅》和《母亲的声音、河流的味道——围绕着一个幼年和未生之前的记忆之断想》颇有感触，因为这位大知识分子说，他选择文化人类学这门专业，并且去法国、非洲做多年的研究，最初的动机就是想要远离自己的背景。

十七世纪松尾芭蕉曾居住的深川，位于同德川幕府所在的江户城，也就是与今天日本天皇住的皇宫隔了一条河的地方。当地居民是各行业的匠人、工人、商人或者渔民，换句话说是堂堂正正的良民、老百姓、庶民，但都不是垄断统治阶层的武士。

江户时代的日本是封建社会，有士农工商的身份制度。十九世纪的明治维新以后，则把原来的武士阶层封为贵族。到了一九四五年第二次世界大战结束，由美国代表盟军占领日本，才取消了身份制度。深川居民是追溯到十七世纪的老江户，是他们把江户城的庶民文化继承过来的。但是，住在河西台地上江户城里的武士、贵族、官员等，对于河东低地的居民一直保持看不起的态度。

这条河现在叫做“隅田川”，江户时期则叫“大川”。河西的台地叫做“山手”，河东的低地则称为“下町”。海拔的高低跟居民的地位呈着正比例。一九二三年东京大地震的遇难者，一九四五年东京大空袭的受害者，都主要是下町的居民。因为那里海拔低，不但容易受水灾，由于木造小房子密集，一旦发生火警也容易延烧起来。

12

一九三四年出生，毕业于日本最高学府东京大学的川田教授，曾经年轻的时候，对自己的家庭背景有劣等感、自卑感，所以离乡背井去欧洲、非洲各待了七年。在热带大草原上，跟当地人生活在一起，学会他们的语言，吃喝跟他们一样的东西，然后才能够研究他们的神话。那无疑是一段很困难的过程，但久而久之，还是适应过来了。文化人类学者说，他真正没想到的是，好不容易适应了之后，非洲式生活变成了日常生活，当初那么充满异国情调的种种细节，都逐渐失去新鲜感，不久就要进入司空见惯、见怪不怪的境地了。

这个时候，他想起来了自己曾嫌弃的东京下町深川的庶民文化，个中独有的味道和质感。于是回到久违的故乡去，开始访问老邻居、父母的老朋友等。那样子，他发现了自己儿时那么熟悉、但青年时期故意丢掉的江户市井文化，包括传统音乐、民间信仰、众多节日等等，都跟着过去几十年来日本人生活方式的现代化、都市化、西方化而几乎消失了。

今天的东京居民，大多是自己或父母一代才从乡下搬来东京住的。相比之下，川田顺造是第八代的老江户，再说在巴黎受过文化人类学的训练，也有在非洲做田野调查的经验。所以，当写起东京深川的历史和文化时，他的双眼似乎望远镜和显微镜兼备，既有理论的框架又有感情的基础，令人佩服不已。

不过，由我看来，最难得的是，曾经对故乡感到自卑的文化人类学者，在异乡过了许多年以后，不仅克服了当初的劣等感，而且重新发掘了对故乡深厚根本的爱。人去旅行，为的不外是回来。旅行的最终目的地始终是最初的出发点，即故乡。否则的话，那不叫做旅行了，该称为自我放逐。我估计川田顺造在非洲的大草原上发现了世界的入口，从那里进去，他踏上了回到自己家乡之路。

13

讲回我自己吧。二十岁的夏天，生平第一次出国，在北京火车站国际列车月台发现了世界入口以后，我决定正式去中国留学，在北京和广州共读了两年书。更重要的是那两年里我也不停地走了大江南北：从北京往东北，到内蒙古、甘肃，沿着丝绸之路去新疆，然后从青海越过海拔五千米的高山到西藏拉萨，从云南经过四川下长江，去了湖南、湖北，从浙江又沿海往福建、广东南下，一直到海南岛三亚的天涯海角鹿回头。中国给了我很多很多次旅行的机会。

我的中文就是在大陆各地的旅途上，通过跟来自各地的中国旅客日复一日的交谈中学到的。两年的留学完毕后回来日本，但是漂泊惯了还想漂，于是接着又去加拿大、中国香港，前后过了十二年的海外生活。中间也去了美国、英国、法国、瑞士、葡萄牙、荷兰、奥地利、捷克、匈牙利、古巴、越南、新加坡等等地方旅行。

就是在那漫长的旅途上，我逐渐跟那个不知天高地厚但恨不得闯世界的小女孩告别，踏上了成人之路。过十多年回到日本的时候，亲朋好友都还记得我，但是我已不记得从前的自己了。

14

小时候住在东京，路是窄的，房子是矮的。现在住在东京，路是宽的，房子是高的。东京变了，我也变了。人生最重要的一些事情，我都是在一个人旅行的路途上学到的。

只要认真寻找世界的入口，你一定找得到世界。因为世界本来就属于大家，世界也就属于你。但是为了进入世界，首先你得一个人离开家。出了一个门以后，才能入另一个门。这是肯定的。不用怕。人去旅行，为的是回来。我认为，只有旅人才能真正找回故乡，并用双手紧紧拥抱它。

独立，从一个人走路开始

> 的确，我们都一个人生来，一个人死去，孤独是既定条件，不必特地去寻找。既然今生相遇了，好好珍惜今世之缘吧。

二〇一二年三月，我去上海复旦大学、北京大学演讲，题目是《寻找世界的入口》。北大的听众里，有位斯文的中年先生，当我讲完之后，举手发言道：本人小时候没有条件去旅行，但是天天一个人走很远的路去上课，日复一日上学回家的路途上，想了很多事情，包括自己将来的志愿和理想；久而久之，果然也磨练出独立的人格来了，也就是说，“独立，从一个人走路开始”。我很受感动，因为本人也一向认为，旅行的真谛不在于去哪里、看什么，而在于用自己的两条腿走路，用自己的两只眼看世界，活出跟别人不一样、独一无二的人生来。

旅游团 VS. 单独旅行

很多人参加旅游团，跟着导游走，往往也只通过游览车的玻璃窗户看见名胜古迹，结果每个地方留下的印象很模糊不清楚。比方说，我父母有一次去了意大利十天，乃坐游览车从北到南纵贯靴子形半岛的。回来后，我问母亲：去了哪里？看了什么？她若无其事地回答说：不就是一个又一个寺院吗？

父母晚年很喜欢去海外旅行，把同一个旅游团的团友们称为“旅友”，回国后经常举行“旅友会”。有的是他们在加勒比海坐周游观光船认识的“旅友”们，有的是他们在阿拉斯加看极光时交的“旅友”们，定期重聚谈到的其实不是对旅游景点的回忆，而是在他们的旅游团里发生的小事件，例如带女朋友坐上豪华船的日本黑社会分子，因为对她动了手，被船员抓起来关在船上的牢里了。那件事，他们每次都谈得津津有味。显然对父母来说，多交“旅友”才是旅行最大的乐趣。关于“旅行”的观念，我们两代之间有很大的分歧。

穿越孤独

对我来说，旅行是非常个人化的活动。尤其从十几到二十几岁的时候，一个人到处旅行尝到的种种滋味，虽说酸甜苦辣均有，但是百分之百都回味无穷、最后全成了人生田地的高营养肥料。经常有人问我：你一个人旅行不寂寞吗？当时我都回答说：我倒特别喜欢那单单一个人走世界的感觉呢。

然后，过了三十岁关头，在又一次的个人旅行上，我忽然感到了前所未有的孤独。那年我三十二岁，即日本人俗称“女厄年”的虚岁三十三，地点则是越南河内。在一家小饭馆里，单独吃着便餐，我忽而觉得：再也没有力气去一个人面对大世界了。

那个饭馆是大名鼎鼎的英文旅游指南书*Lonely Planet*介绍的，备有英文菜单，主要为外国游客服务。果然在每个小桌边都坐着跟我样子相似的外籍单人游客，而且都吃着饭翻看*Lonely Planet: Vietnam*。那一刹那，好比在我眼前，戏法突如其来亮了底：我们的路程、我们的伙食、我们对整个国家的印象，岂不全是那本叫*Lonely Planet*的英文书设计好的吗？这样子，跟我父母参加的旅游团有什么不同？

我之前把自己当作一个资深的独立旅人。然而，实际上，只不过是参加了一个看不见的旅游团叫“孤独的行星们”！具有讽刺意味的是：当我发现了表面上很孤独的“行星们”，其实一直给那本小书当导游兼保姆的时候，真正的孤独感才袭击了我。也许世上有很多事情，说穿了就像“魔法”：自己以为目击了奇迹，实际上是人家戏法变得好，或者自己闭着一只眼不愿意看到真相罢了。

为了从扫兴的现实避开视线，我匆匆去饭馆附设的商店，购买了当地盗版影印的英国作家格雷厄姆·格林的作品，乃以越南为背景的反战小说《沉静的美国人》。后来，坐火车南下往西贡的路上，我一直埋头看那本书，虽然有几次注意到了：不远处坐的外国背包客也看着同一本书，而且都是影印后做了粗糙装订的盗版本。

旅途上看以当地为背景的书籍，会起两方面的作用。首先，书本会增加我们对当地历史、文化等的理解，使旅游经验深化，也更“个人化”，绝对可以说是正面的。例如，在捷克首都布拉格看米兰·昆德拉的经典小说《不能承受的生命之轻》、在东京早稻田看村上春树的爱情小说《挪威的森林》、在意大利佛罗伦萨看当地出生的但丁写的史诗《神曲》等，绝对在读者脑海里把当地印象刻得更深、更难忘。只是，看书的人不能同时观察四周的环境，也不能向行人微笑点头，以此开始跟当地人搭话而通过自己独特的经验去理解一个外国城市。换句话说，书本也会成为我们跟周遭现实之间的障碍，因为看书等于用态度来告诉别人：请勿打扰。

后来，我去哪里都不能不带书本了。去新加坡就看毛姆的南洋系列短篇小说集，也不忘趁机去作家常光顾的莱佛士酒店“长吧”点一杯“新加坡司令”鸡尾酒；去中国台北则带白先勇小说集，也逛逛当时还未改名的新公园。那样子，感觉犹如穿越到故事里头去，看书看得很有味道。

人文旅行的滋味

旅游通过书本、电影、音乐作品等认识土地是挺过瘾的活动。例如，去伦敦找找名侦探福尔摩斯住过的房子，相信很多人都会觉得很好玩。在纽约找找伍迪·艾伦电影《曼哈顿》的场景，对一个美国电影迷来说会成为一辈子难忘的金牌回忆。

对我一类的华夏文化迷来说，在上海寻找张爱玲曾住过的公寓、在台湾南方澳访问黄春明小说和王童电影《看海的日子》之场景、在香港浅水湾站在韩素音小说改编的好莱坞影片《生死恋》（日译是更浪漫的《慕情》）之背景中，或者去中环、尖沙咀寻找王家卫电影《重庆森林》里频频出现的户外手扶梯，王菲跳着舞卖三明治的兰桂坊“深夜快车”快餐店，以及迷宫般的重庆大厦里充斥的印度咖喱店，等等，都会是像跟梦中情人的一次约会一般令人难忘的经验。说实在，当年我旅居香港选择住皇后大道东的原因，就是要把罗大佑的同名歌曲当作那一段时间的主题曲。

世界上也有不少地方欠缺跟当地相关的文学、影视作品等。比方说，我去香港之前住的加拿大多伦多，拥有“北方好莱坞”的美名，因为不少美国片子其实都是在那儿拍摄的。可是，在完成后的影片里，多伦多每次都变成美国某地而几乎消失于现实和虚构之间，唯独其名字出现在结尾字幕上得到鸣谢。就是因为如此，对多伦多人来说，当地出生、世界有名的已故钢琴家古尔德留下的种种传说非常重要，虽然其中大部分是关于他的怪癖，例如连酷夏上街都老戴着手套。当我最后离开那座“北方好莱坞”的时候，也没有忘记把古尔德灌的巴赫作品《郭德堡变奏曲》之 CD 好好塞在皮箱里，作为在寂寞的北国消耗了六年半青春岁月的纪念。后来，无论我身在何方，只要放那张 CD 就想起在多伦多过的日子来。

曾经年轻时走世界，我总是瞪着一双眼睛，兴致勃勃地期待窥见另一个世界的机会。例如，我二十一岁的年底，一个人从东京去上海旅行，在南京路的华侨饭店咖啡厅交上了些当地朋友。其中之一带我去的他的家，乃二十世纪初盖的西式公寓，经过文化大革命的混乱，当时呈现着大杂院状态，连厨房都是共用的，所以屋子里要烧水得用镍铬线如蛇一般盘绕的电炉子。我后来有机会看上海老电影，脑海里时常浮现那天在没暖气的房间里水壶冒出白色蒸汽的模样。也就是说，年轻无知时的经验，后来以老电影为酵素，结晶成了一幅画儿，在我的记忆里沉淀下来了。

当然，在人生地不熟加上时间有限的旅途上，匆匆交朋友的风险该说不低。好在“年轻不懂事”也会很奇妙地起婴儿免疫的作用。所以，健康的年轻人遇难的几率应该比已经开始衰老的中年人低很多。我在旅途上，要把自己的视线从现实转移到文艺作品上，似乎跟年纪渐大，免疫开始失效有关系。

前些时候，有个外国朋友背着背包来日本单独旅行半个月。不愧为中年文化人，朋友看过的书、电影都不少，结果去哪里都是川端康成、三岛由纪夫小说，或者是小津安二郎影片的背景。听他讲讲旅途上的所见所闻，很像电影里面发生的事情，很令日本书迷羡慕；至于他接触到当地人的机会，却基本上限于便利店收款处、吉野家柜台和民宿前台了。中年背包客充满书香，却有意无意地回避面对危险或不愉快的现实。当然，那可叫做成熟没错。

很久很久以前，我年纪还很小，未能去旅行的时候，特别爱看以旅游为主题的小说。尤其是五木宽之的《青年走向荒野》《再见，莫斯科阿飞》《索菲亚的秋天》等作品，让我多年都耽溺于浪漫的旅游幻想中。可以说，当年的我把旅行文学当作了旅行经验的替代物。然后，我高中一年级就开始国内旅行；上了大学后，终于申请到了护照。真正背起背包走入世界，却忙于对付眼前的现实，背包里装的只有日文《地球的步行法》或英文*Lonely Planet* 等旅游指南书和袖珍辞典了。那是必然的，因为对年轻人来说，现实总比书本有趣，他人一定比故事可爱。要标榜个人主义的原因，其实不外是为了邂逅另一个人。

但是自从三十二岁的越南旅行起，我着迷于人文旅行的后巷子。小说、影片和旅游，在我脑海里连接成一条又一条美丽的项链，不亦乐乎！只是，婴儿免疫快要失效了，年轻人不知天高地厚的乐观也逐渐消失，连本来供应特丰富的体力都逐渐感到不足了。四星级饭店软软的床垫，年轻时候以为是腐败的，实在没想到，有一天自己竟会觉得颇为必要。

美食的概念，也随着年龄而变化。二十出头的时候，一屉小笼包、一碗担担面、一盘拉条子、一根羊肉串，就是我不怕远路要特地去寻找的美食。究竟什么时候，我开始懂葡萄酒的味道了？究竟什么时候开始会看意大利菜、法国菜的菜单了？什么时候发现古典音乐其实不臭反而特香了？总之，年纪大了，偶尔享受一下奢侈的味道也可以吧？反正，花的是自己赚来的钱。于是，去匈牙利布达佩斯，白天泡在土耳其式温泉浴池里发呆，傍晚在葡萄酒屋边喝当地特产托卡伊甜白酒，边吃匈牙利风味的萨拉米香肠，酒足饭饱后则去豪华剧场鉴赏管弦乐团现场伴奏的歌剧。在日本只有王侯贵族才担负得起的夜晚，在当年物价偏低的中欧，连我都享受得起。可说特陶醉人，只要我能忘记心中那一点点寂寞的话。

味觉的记忆

我高中、大学时的女同学里，一直未婚的超过一半，从未生育的更超过七成。那并不全是个人选择的结果，而是我们成长的时代环境所造成的。日本一九八五年施行了《男女雇用机会均等法》。那正是我们大学毕业，要出社会的时候。换句话说，我们是“均等法世代”每人都出去工作的第一代日本女子。但一边工作一边成家谈何容易，尤其在不向外籍保姆开放国门的大男子主义国家日本？还有，我们当年确实也听说过世界人口已经太多了，不用给地球再增加负担为好。本人却是天生的牛脾气，日文所说的“天邪鬼”，别人不做的事情偏偏要去做。所以，我三十五岁结了婚，三十六岁和三十九岁生了孩子。

老大未满一岁那年，我家最常放的背景音乐是冲绳县的女性组合 Nenes 合唱的《IKAWU》。冲绳音阶跟日本的不同，当地乐器蛇皮三线的音色也不一样，总之听起来充满异国情调，特会唤起旅游想象的，何况“IKAWU”意味着“走了”。被 Nenes 吸引，我不禁抱上小娃娃，飞往冲绳本岛恩纳村的度假饭店去了。未料，三月的冲绳还相当冷，人工沙滩上几乎没有人影。坐游览车来的老年人团体，晚上抵达后吃饭、洗澡、睡觉，早上起来吃完早饭，马上坐游览车走了，真不知他们何来何去。唯独有一组跟我们相似的三口子，默默地在沙滩上散步。他们是夫妻和坐婴儿车的小朋友，果然也来自东京。记得那太太说：原来不应该是这样子的。

后来，带着幼小的孩子们，我们还每年都去一两次旅游。

但是，跟本来想要的频率比则少了很多，而且去的大多也是不远的地方。“旅愁”一词指的是羁旅者的忧愁，我当时熬的倒是不能尽情去旅游的忧愁。带着孩子，不能尽情做的事情不少，许多有创造性的活动都不容易了。我发现，跟育婴搭配最好的活动原来是家务。（……泄气……）好在我也逐渐发现，家务不一定没有创造性。尤其烹调，若把它当作通往美食的一条路，则会变得挺有意思的。如果做的是曾在旅途上尝过的外国风味，最后感到的满足感奇特得像旅行。

我有一本在多伦多唐人街龙城地下书店买的中文烹调书，也有一本从香港带回来的广东食谱。还有，从杂志剪下来的《张爱玲的厨房》专文。有一次，翻着那些食谱，我做了几道菜如棒棒鸡、木樨肉、贵妃鸡、青豆虾仁等，请日本朋友们吃，果然获得了未曾有的大喝采。毕竟在日本，并不是大家都会做道地好吃的中国菜。强就强在我会看中文食谱；多少年学中文下的工夫，果然完全值得，现在都赚回来了。

我也记起来，不是还有从加拿大带回来的厚厚一本英文西餐食谱吗？按照它的指示去烘烤一个半公斤的牛肉块，并且配上了道地英国式酸奶辣根酱，老公对我另眼相看，好像蛮看得起人家了。不亦乐乎！正好那时候，北京人吴雯在日本陆续出版京菜食谱，对我的帮助可大了。白菜水饺、肉包子、葱油饼、白云肉片、红烧肉、京酱肉丝、咕咾肉、番茄炒蛋、宫保鸡丁，等等，曾在北京留学的日子里常吃到，但是到了其他地方不容易尝到的家常便饭，这回在东京家中，自己能够重现了。

结婚前，我很少做菜，因而不知道各种食谱之间的水平差距其实很大。好在我对书本的辨别能力还不算差，买了几本食谱后便知道，在日本哪些烹调老师写的食谱可靠好用。北京菜的吴雯、英国菜的大原照子、俄国菜和中亚菜的荻野恭子、意大利菜的片冈护、日本菜的西健一郎和土井善晴，成了我之后私淑多年的老师队伍。

看着大原老师的食谱，我做了曾在加拿大朋友家中第一次吃而立马迷上的烤羊肉加薄荷酱，自动想起那天在座的朋友们谈到的很多事情来，包括女主人说："我本来打算今晚做鲜鱼的，但是丈夫提醒了我，你敢给日本人做鱼吃吗？哈哈哈。"大原老师在书中介绍的俄罗斯式酸奶牛肉饭，则叫我想起：位于香港铜锣湾的皇后饭店，供应上海传来的白俄风味如基辅式鸡肉饼，而那家店里就有上海出生的王家卫导演在影片里用来当作道具的公用电话亭。看着荻野老师的书，我做了曾在新疆绿洲上尝到的清真风味的拉条子，并且第一次发觉那独特的香味其实是安息茴香。看着片冈老师的书，我就做了那年去佛罗伦萨度蜜月吃到的手工披萨。

我真高兴自己在前半生里去过不少地方，尝过很多风味菜。结果，即使躲在东京家中都能够一边耽溺于过去旅游的回忆，一边享受到一种又一种世界美食。也就是说，名副其实的回味无穷了！味觉的记忆非常有趣，只要是真正享受过了，几十年以后都能够再现。

转眼之间，孩子们也快速长大。他们跟我去北京吃了老字号清真馆子烤肉季的烤羊肉和东来顺的涮羊肉，也吃了全聚德的北京烤鸭和砂锅居的水晶肉；去台南吃了度小月的担仔面，去高雄旗津吃了当地特产的乌鱼子；去佛罗伦萨吃了野猪肉酱意大利面和在中央市场采购的甜辣两种蓝纹奶酪；去马六甲吃了当地风味鸡饭粒和沙嗲。只要做父母的妥协一点，肯让他们享受旅游饭店无限量提供的豪华自助早餐，以及在饭店游泳池尽情玩水一整个下午，对于其他活动，孩子们也会为老饕父母亲配合点了。

说实在，他们长大的速度比我当初预测得快。高中生与其跟父母去海外旅游，倒愿意一个人留守，趁机请几个同学来吃饭。即使吃方便面、速食咖喱饭，好像跟朋友在一起，就比跟父母一同去海外找美食有意思。连国中生都开始觉得参加学校球队的训练比去家族旅行重要、有意义。

显而易见，他们早不是整天拉扯妈妈的小孩子，已经走上自己人生的一条路了。正如俳圣松尾芭蕉说：岁月是百代过客，永不停止。的确，我们都一个人生来，一个人死去，孤独是既定条件，不必特地去寻找。既然今生相遇了，好好珍惜今世之缘吧。哎，我好像真走了很远的路了。

无法放弃旅人生涯

> 说实在，全世界我最喜欢的地方是国际机场的候机室。看着玻璃窗外停着的飞机，能感觉到快感荷尔蒙在脑内大量分泌出来。

在北京接受记者访问，对方的名片上写着：新京报。

我告诉她说：这三个字我特别眼熟呢，因为有一年春天来北京，看着你们报社的招牌，过了整整一个星期。

人家问道：这话怎么说呢？

我回答说：是这样子的。那次我们住你们报社对面的前门饭店；谁料想得到，刚抵达那天，当时三岁的女儿就开始发烧，虽然烧得不高，就是退不下来，小朋友心情不好，做妈妈的只好陪伴。结果整整一个星期，我都站在前门饭店客房的窗户边，看着马路对面的光明日报大楼上，挂的牌子：新京报。

记者说：我们报社后来迁址，现在已经不在那儿了。请问你写过那次的事儿吗？

我说：没有。我没想到去写。因为心里有点内疚，觉得也许自己太自私了。

全世界最喜欢的地方

自从怀上老大，我的活动能力大大降低了。尤其带了小朋友，连坐半个钟头的电车去新宿买东西都不容易了，何况出国旅行？

一九八〇年代开始，日本社会上没有了用人、保姆等家庭劳动者。之前，乡下出来的年轻女子，出嫁之前在别人家当几年保姆，被称为“家事见习”，乃既不丢脸又不少见的事情。以关于日本审美学的长篇评论《阴翳礼赞》、改编成电影的小说《细雪》等闻名于世的文豪谷崎润一郎，就有一本著作叫做《台所太平记》，写的是他家曾雇用一个又一个年轻保姆的回忆。

然而，日本经济发达以后，年轻人不再愿意从事体力劳动了，政府又不允许外国工人进来代替。结果，一切家务包括照顾小孩子都得由主妇一个人担当了。问题在于如今的日本家庭主妇多半都另有工作。先生们虽然逐渐放弃大男子主义，但是若能承包二成家务就算了不起了。总之，一边工作一边经营家庭，够忙的呢，哪有闲工夫去想旅游计划？

我就是想。

我就是不能放弃旅人生涯。

做了母亲以后，我决定放弃一切可以放弃的事情了。酒吧，不去也罢了。书店，不逛也罢了。老朋友，不见也罢了。电视节目，不看也算了。衣服，不买也无碍。头发，不剪有什么大不了的？但是，偏偏对于旅行，我不肯死心。

说实在，全世界我最喜欢的地方是国际机场的候机室。看着玻璃窗外停着的飞机，能感觉到快感荷尔蒙在脑内大量分泌出来。我会不由得吸一大口气，全身一下子充满新鲜的空气，好比我的人要变成气球，往宽阔的天空起飞。

北京一星期

所以，我带一岁的儿子去了冲绳，带两岁的他去了台北、台东和东马婆罗洲，带五岁的他和一岁的小妹妹去了礁溪、苏澳、南方澳。所以，那一次，带七岁的儿子和三岁的女儿去北京，也该无妨吧？

为了四口子旅行，我订了前门饭店的家庭套房。早几年，从香港坐刚开通不久的直通车卧铺来婚前旅行的时候，我们也住过这家饭店。因为当时附近还充满着老北京的味道，感觉犹如走进了林海音《城南旧事》的世界，而且饭店一楼有梨园剧场每晚演出京剧节目，另一个京剧据点湖广会馆也是走过去就能到。

这次在北京一个星期，我们至少可以看两次京剧吧？另外也能去西单三味书屋的二楼听传统音乐会吧？至于我怀念不已的北京风味，除了饭店楼下的餐厅以外，烤鸭的全聚德、涮羊肉的东来顺、什刹海边的烤肉季，该可以各去一次吧？然而，做妈妈的越热衷于计划日程，做孩子的越要发烧似的。显而易见，母亲需要旅行，但是孩子更需要母亲。

我们那段时间的旅行，在家庭休假的表面下，其实藏着出差目的。所以，为了哄哄小朋友，无论去哪里都先光顾玩具店，直到儿子拥有各国的海盗版游戏王卡片。到了北京，我们也打算去王府井、西单的玩具店呀，也打算去天坛东边的北京游乐园的。可是，多么紧密的安排都瞒不过敏感的小朋友。我每次把体温计插进女儿的腋下，抽出来的时候一定显示着：三十七点五。虽然不用找急诊，但是强制她出去绝不是个办法。

当年孩子们还小，去哪里老公都带着摄影机，要留下他们幼年的日子。但那次北京之行，留下的影像全是在计程车上拍的。天安门广场的毛泽东肖像、人民英雄纪念碑都在蒙上了灰尘的车窗那边。老公虽然带七岁的儿子出去走走，但是拉着小朋友的手要过北京宽阔的马路，他也无法拍摄。

那七天里，我们还是去了几个地方。每次我都背着十七公斤重的小女儿。在地铁一号线月台上拍的照片里，她从我背后偷偷地伸出脖子来，显然要观察周围的状况，未料被拍下了。

有一晚，好像是最后一晚吧，我们去了老公中意的和平门外三千里韩式烤肉店。那里的服务生非常热情，每一刻钟替我们换一次铁网。北京的烤肉店跟东京的同业相比，明显占优势的是冷面的味道。当爹娘俩津津有味地吃冷面之际，孩子们则要吃冰淇淋了。整个星期，三岁的女儿都发烧很少吃东西，但是冰淇淋居然是另一回事。我吃饭的时候，她都躺在我大腿上，紧紧地闭着眼睛，嘴巴更不用说了。然而，冰淇淋来了，不可思议得很，她连眼睛带嘴巴都张得很大很大。

屈指算起来，那该是二〇〇四年的春天。在和平门南边，琉璃厂再走过去的新华路两侧，当时开着好多家二胡店，有的还挂着“琴社”的招牌，蛮有味道。小巷里就是密密麻麻很多四合院，历史要追溯到清代去，可是没有厕所和洗澡间。外墙上已写着“拆”字，不久就要开始拆迁了。那一年，稍远处的前门大街也仍旧是破破烂烂的真货老街。我花了最多时间站着的前门饭店客房的窗户外，对面光明日报大楼外挂的牌子写着：新京报。

东京交通物语

十九世纪的江户人和二十一世纪的东京人，虽然住在同一个地方，彼此的生活经验竟然这么不一样。

有一次翻着夏目漱石（一八六七—一九一六）的散文，看到了如下的记述：

> 我小时候，东京的剧院都在浅草一带。既没有电车，又没有人力车的年代，从市区西端的高田马场去浅草观音寺那里，不是一件简单的事情。爱看戏的我姐姐她们，都是午夜起床开始做准备的。路上会有危险，于是为安全起见，一定叫仆人陪同过去。从早稻田夏目坂的居家，她们一行走下坡，经过柿木小路到卸货码头，在那儿搭上早就订好的包船。我想象她们抱着多么充满期待的心情，慢慢从炮兵厂（按：现东京巨蛋球场所在地）前边，经过御茶之水，一直被摇到柳桥去。何况她们的旅程又不是到那儿就结束的，人们曾不惜时间的年头更有

> 理由被后人怀念。河船到了大川（按：现隅田川）就溯流而上，经过吾妻桥，终于抵达今户有名楼附近。姐姐她们在那儿登陆，走到戏院茶屋（按：戏院附设的餐馆亦为观客提供了各种有关服务，子弟经常成了演员），在伙计的带领下，去预订的位子入座。那一定是所谓高座，乃其他观众能看到她们服装、面孔、发型的位子，好讲排场的戏迷们常互相争夺的。幕间休息时候，演员助理会过来说：欢迎小姐们到后台来。她们便跟着他去见田之助、讷升等喜爱的演员，请他们在扇子上签名画画后回到位子。那就满足了小姐们的虚荣心，面子是用金钱购买的。回去的路也坐同一只船，一直坐到卸货码头。还是为安全起见，叫仆人点着灯笼出来引路。到了家已经过了午夜吧。也就是说，花了从午夜到第二个午夜那么长时间，才能看一场戏的。（笔者翻译）

夏目漱石是日本明治维新前一年出生的。他是父亲和后妻之间生的五男一女之老么，上面还有两个异母姐姐，文章里谈的姐姐该是异母的。这篇《玻璃门内》是他在世最后一年里写的作品，文中回想的应是他出生前后，日本近代化刚开始的年代。他父亲是在德川幕府治下的江户城里颇有地位的官吏，至今东京早稻田还有叫夏目坂的坡道，不是取自文豪儿子，而是取自大官父亲。如果是今天，从他们家去浅草看戏，坐地铁用不着半个钟头了，毕竟路程连十公里都不到。十九世纪的江户人和二十一世纪的东京人，虽然住在同一个地方，彼此的生活经验竟然这么不一样。

曾是优雅美丽的水城

“东京曾经是能跟威尼斯、苏州相比的水城。”这句话是建筑史家阵内秀信（一九四七— ）在一九八五年问世的《东京的空间人类学》里第一次说出来，让众多日本人大开眼界。阵内东京大学毕业以后，去了威尼斯留学三年，回国后以海归的眼光重新观察东京，结果发掘了不仅早被抛弃而且已被忘记的美丽水城。我用考古学发现般的“发掘”一词，因为人们特别会忘记一座城市往昔的样子，即使他们一直住在同一座城市里，正如一条胡同或一处里弄给拆了，新的商场或公寓竣工的时候，很多人已经记不起此地原来的面貌怎么样。

当然，失去记忆之前，世界早已开始变化了。哪个国家往近代化的路上迈进的时候，都得经过巨大的变化。以江户—东京为例，江户城本来建于江户湾即今天东京湾的海岸上。除了自然形成的隅田川、荒川、多摩川等河流以外，德川幕府也开凿了很多护城河、水沟、自来水道。正如漱石描写，直到明治维新前后，江户城里的主要交通工具是河船，四通八达的水流之重要性不亚于今天的电车、地铁路线。无论想去哪里，要往哪里送货，江户人都沿着水流走的。但是，水城式的生活方式，近代化以后却逐渐没落。日本学校的历史教科书里都写着：一八七二年（明治五年）在东京品川和横滨之间开通铁路，标记了文明开化时代的到来。一九三四年在隅田川边深川地区，也就是十七世纪的著名俳人松尾芭蕉曾居住的地方，出生长大的文化人类学家川田顺造，回想孩提时代写道：当年河面上仍有很多货船往来，犹如今天的卡车，把运过来的货物在码头卸货，然后继续往不知道哪里摇橹去了。他亲戚中有几个人是生在荒川上游，结婚时坐船过来的。不过，他记得的东京并不是优雅美丽的水城。他说：当年经常看到男女浮尸在水面上漂流，还有不少穷人家族生活在木造船上以运输发臭的粪尿为业。年轻时候的川田，为落后的故乡羞愧，恨不得摆脱自己的背景，大学毕业后去欧洲和非洲各待了七年，并从巴黎第五大学得到了民族学博士学位。他重新拥抱故乡是一九八〇年代初，乃母亲去世后怀念起童年来，用文化人类学家的田野调查方法对老邻居进行访问，惊讶地发现了半世纪前还充满活力的老江户庶民文化，如民间信仰、节日、民谣等，都几乎已经消失了。

那恰好是阵内秀信“发掘”了美丽水城历史的时候。日本经过了明治维新后一百多年的近代化和第二次世界大战后四十年的国家复兴，东京奥运会、大阪世博会都办完了，世界第二经济大国的地位都赢得了，终于能够叹口气歇下来的时候，不少日本人倒不约而同地发觉：作为现代化的代价，我们到底失去了多少贵重的东西，包括干净的水流、新鲜的空气、祖先传授下来的生活文化？川田跟阵内一样是在西方受过学术训练的知识分子，这不可能是巧合了。俗话说，当局者迷、旁观者清，果然很有道理。

铁路繁荣，水路没落

明治维新以后的东京，在原先的水城上，不停地修建了很多国营、私营区域铁道。一八七二年全国第一段铁路开通后，过了半个世纪的一九二五年，之前在市内外各地分段完成的铁路轨道，终于连接起来成环形，山手线电车于是开通了。至今为东京客运心脏的山手线，大体修建于原先的江户城边境（包括夏目漱石在《玻璃门内》里提到的高田马场）上，总距离有三十四点五公里，车站总数为二十九，圆环内面积为六十三平方公里，跟北京二环内面积的六十二点五平方公里几乎相同。

后来，以山手线的车站为基点，向东南西北各方向又修建了好多条区域铁道，东京很多住宅区都是在那些铁路沿线发展起来的。比如说，日本最高级的住宅区田园调布，就在一九二七年以山手线涩谷站为起点往横滨开通的东横线上。一样著名的成城学园，也在同一年以新宿站为起点通往太平洋边小田原的小田急线上。除此以外，还有以池袋站为起点的西武池袋线、东武东上线，以目黑站为起点的目蒲线，以五反田为起点的池上线，以品川为起点的京滨急行线，以日暮里为起点的京成线等等。

在东京，铁路的繁荣和水路的没落是同时进行的。水路越来越受冷落，水质也越来越恶劣。第二次世界大战末期的一九四五年，东京遭到了美军空袭超过一百次，市内大半都化为焦土。进行重建之前，需要处理大量瓦砾。当年的东京市政府，无可奈何地把它们扔进水路里去了。结果，曾经美丽的东京水路几乎全变成了垃圾场。久而久之，垃圾堆满的水路成了东京人的包袱。一九六四年的东京奥运会前夕，为了迎接外国客人，不仅在东京—大阪之间匆匆修通新干线，而且要在首都中心区建设日本头一条的都市高速公路。因为时间短促，不可能一一收购用地，于是当局决定填埋发臭的水路，上面建设高架公路的桥桁，以便一举两得。

日本私家车的普及是东京奥运会以后的事情。公路的开通促使人们买车，但是汽车的增加又马上导致公路老是堵塞，而且同时带来严重的空气污染。一九七〇年代，东京发生了对身体有害的光化学烟雾现象。为了解决汽车带来的重重问题，这回要在山手线圆环里修建多条地铁路线了。从上世纪初到六〇年代，东京曾有过有轨、无轨路面电车，在高峰期多达四十五条路线，每天有一百几十万人搭乘。可是，因为被批评会造成汽车通行的障碍，在一九七二年以前全被取消，只剩下有专用轨道的荒川线十二点二公里了。

记住过去，展望未来

奥运会以前，东京的地铁一共只有三条，现在则有十三条了。结果在山手线内侧，无论从哪里出发，都十分钟内能走到一个地铁站或电车站。有些区域铁道电车也开进地铁线路来，结果两个系统加起来的总距离达五百二十点九公里。东京市区的每一平方公里土地上，平均有一点零一公里的铁路在营业。这使得东京在公共交通网完善的程度上，凌驾伦敦、巴黎、纽约等世界其他大城市。如今到东京市区上班、上课的人，八成以上都利用区域铁道；他们在市内移动也都用地铁、巴士等公共交通工具。结果工作日的白天，开在市区公路上的汽车，七成以上是工作车辆。为了上下班或私事开车的人才两成多而已。尽管如此，东京的公路堵塞问题也并没有解决，汽车驾驶的平均速度仍然是时速二十公里左右，也就是不比自行车快多少。

对多数东京人来说，汽车是周末休息的时候，为举家外出、买东西等目的才使用的东西了。考虑到汽车保养费、保险费、停车场租赁费，以及喝酒开车被抓了要付的昂贵罚款等费用，许多人觉得拥有汽车已不合算，需要的时候租车就是了。结果，全日本总共四十七个都道府县里，东京人的汽车持有率最低：一个家庭才零点四九辆而已。相比之下，福井县、富山县等公共交通不方便的县，每个家庭的汽车持有率超过一点七辆。

东京的地铁路线增加了以后，去很多地方确实比过去快多了。只是在地底下移动，好比关在一个黑箱里一样，始终看不到外景，不能知道自己到底身在何处。曾经江户时代的人，为了去十公里之远的浅草看戏，非得提早跟船老大、戏院茶屋等联系不可，还没天亮之前在仆人陪同下出发，花好几个钟头坐船看着市内各地的风景，才能抵达目的地。因为特别麻烦，所以加倍有价值，也成为几十年后文豪弟弟回顾时写文章的材料。她们跟我们，很难相信是同一座城市的先后居民。今天若想看戏，可以马上动身，在路上用智能手机订个位子就可以了。说方便实在方便，但是不知为何，也不能不感到稍微寂寞。因为得到便利的过程中，我们似乎失去了很多好东西。

现在，东京的老水路，没有被填埋的大多变成了暗渠。

结果不少地名，如银座附近的数寄屋桥，明明标志着此地有河流，可是四周都只看得到水泥大楼和公路而已，令人感到被狐狸迷住了一般。有趣的是，看不见的东京水路倒刺激小说家的想象力，给有些作品，如芥川赏得主松浦寿辉的《巴》，提供很特别的背景。另外，今天的年轻一辈中竟然有一批人特别被那些暗渠吸引，一段一段一条一条地去寻找昔日水路的线索，把“发掘”出来的结果写成书出版，比方说，一九七二年出生的本田创和五个朋友协力编写的《享受地形：东京暗渠散步》。他们也把调查结果在网络上公开：http://tokyoriver.exblog.jp/；http://kaeru.moe-nifty.com/ankyo/。一个人若要精神健全地生活下去，先得弄清楚自己的何来何去。大概一座城市也是一样的，该记住过去，才能展望未来。那么，这些暗渠迷年轻人说不定就是东京未来的所在呢。

人生的温泉旅馆

算起来，不到十年的时间里，我们去了相当多次旅游。每次的旅行都尽量要去有温泉的地方，结果小团队踏足的温泉地可也不少了。

小时候的暑假，每年到八月最后的周末，我都被父母带去热海温泉。那里有小小的温泉旅馆叫潮音庄，是某保险合作社拥有的度假中心。我父亲通过朋友关系，每年夏天都以员工价包租一个晚上，跟他兄弟姊妹的家眷聚在一起。我伯伯、叔叔、姑姑共有八个人，再加上他们的配偶和孩子们，以及父母的堂兄弟、表姊妹等几个要好的亲戚，总人数达到五十个人左右。

靠太平洋的热海市，既有沙滩又有温泉，而且离东京坐车、开车都一两个小时就能抵达，理应会成为当年东京人最爱光顾的度假区。何况，热海也是全日本人熟悉的言情小说《金色夜叉》（尾崎红叶著）的背景。日本明治时代的大学生贯一的未婚妻阿宫，被金钱吸引而离开他，并嫁给一名高利贷业者，生气的贯一在热海沙滩上踢掉阿宫的故事，一八九七年连载于《读卖新闻》，从一九一〇年代到一九九〇年代，改编成电影、电视剧几十次。果然，几乎每个日本人都能哼主题曲《在热海沙滩上散散步》。总之，一听到热海这地名，日本人心中就唤起一种很俗气的期待来，是很难克制的。

一年里只有这个晚上

我小时候的一九七〇年代是日本经济的高度成长期，虽然还不至于人人能去海外旅行，但是在温泉旅馆住一个晚上人人都负担得起，何况保险合作社的度假中心，价钱比商业性质的旅馆便宜。

整个日本群岛由火山形成，结果处处都有温泉涌出来。日本人洗温泉养生的记录，可追溯到一千多年以前。每个地方都有关于能医病的神秘热水的传说。直到第二次世界大战，洗温泉是比较个人的活动，一个人去，或两个人去，目的不是治病，就是休养。温泉旅馆也很低调，为长期逗留“汤治”（温泉疗养）的住客提供自己煮饭用的厨房。然而，一九六〇年代以后的经济成长，使它变为娱乐活动了。温泉旅馆提供的不再仅仅是大自然的恩惠，而且是各色各样人工的乐趣，包括宴会厅、酒吧、礼品店，甚至脱衣舞场。我就是在日本温泉娱乐化的高峰期中成长的。当时，每个企业组织社员旅行团去温泉，每个社区也组织住民旅行团去温泉，因为高度发展期的日本人特别喜欢集体活动。结果，每个家庭都有好几条旅馆免费送给住客的洗浴用毛巾。我们家族当然也不甘寂寞。

那是还没有网络、手机的年代，连固定电话也不一定每家都有，所以亲戚之间的联络都靠书信。每年的七月份，担任该年干事的叔叔、姑姑等，向大家发出往返明信片询问有几个人要参加。当年的日本人挺重视亲戚关系的，虽然妈妈私下常埋怨大姑、小姑联合起来欺负她，但是一年一次的热海旅行还是一定要参加的，因为我们暑假里的旅行也往往只有那么一次。

对小孩子们来说，旅行本身自是乐趣无穷，更高兴的是能见到堂兄弟表姊妹们。父亲的五兄弟中有三个人是同年同月同日一起结婚的（据说那样子比较省钱），结果生下来的孩子们年纪也差不多。跟我同龄的就有两个女孩和一个男孩，跟我哥哥同龄的也有一个男孩。年纪稍大了以后，大人会安排我们三个女孩子住一个房间。反正包租了旅馆，没有其他人住，不必太担心安全问题。一年里只有这么一个晚上，不受父母的监督，想聊到几点就聊到几点，好玩极了。

举杯、唱歌，十年如一日

日本的温泉旅馆当年都是包两餐的，即所谓“一泊二食”。住客下午抵达以后，先换穿“浴衣”（棉和服）到大浴场洗个澡，回房间休息片刻后用晚餐，吃饱了穿上木屐出去溜达，回旅馆睡觉以前再洗个澡，在日式房间过一夜，早晨起来又洗个澡，吃完早餐后才脱下 “浴衣”换衣服，慢慢准备出发。

也就是说，温泉旅馆的房价包括住、吃、洗（无限次）的费用加上“浴衣”和木屐的租赁费。

温泉旅馆的晚餐是宴会兼联欢会。首先讲场地吧。那是一个铺满了榻榻米（长一点八米、宽零点九米的厚草垫）的大厅，平时用纸拉门隔开成小房间；八张榻榻米构成标准的卧房，十几张榻榻米就是够大的单间餐厅了。开宴会的时候，取走一扇又一扇的纸门，就出现五十张榻榻米的大宴会厅了。如果是承办大企业社员旅行的大旅馆，那么宴会厅也要大到五百张榻榻米，竟能容纳一千人。

到了晚餐时间，个人用的矮桌子和正方形垫子早就摆成两排，从大伯伯到小姑姑，从大哥哥到小妹妹，大家论资排辈地入座。桌子上放着已做好的菜：生鱼片、天麸罗（油炸海鲜、蔬菜）、茶碗蒸（什锦蒸鸡蛋）、小火锅等。旅馆宴会的菜肴不一定好吃，但是一定很丰富。当年的日本人把平时的日子过得很朴素，所以一年一次的旅馆宴会，让大家好期待难得的美食，稀有的奢侈。

开饭以前，人人举杯喊“干杯”，大人喝啤酒、清酒，小孩喝汽水、可乐。然后就是边吃饭边看别人轮流表演了。从最小的弟弟妹妹开始，一个一个上舞台去唱歌。想不出唱什么歌好的，都被大人说：“唱你的校歌吧。你上哪个学校？几年级了？”至于大人，每人都有一两首拿手的歌，一般是流行歌曲，偶尔也包括民谣。卡拉 OK 还没有普及的年代，普通人练嗓子的机会少，大多数人唱不好歌，有些唱得特难听，也有些唱得好逗人。

我们一看哪个叔叔、姑姑走到前边来，就知道即将要唱什么歌了，因为很多人表演的项目十年如一日，比方说，我母亲唱的《卡斯巴的女人》。“卡斯巴”是阿尔及尔老市区，但那首歌是一九六七年日本的流行歌曲，据说是填词人受了一九三七年让·迦本（Jean Gabin）主演的法国电影《望乡》之影响。“这里是天涯海角阿尔及利亚，我是在卡斯巴晚上开的一朵花儿”，看自己的母亲喝醉酒以后欢唱的样子，感觉好奇怪的。不过，最可怕的算是大伯伯的《浪花节》，乃一种日本说书，谈的是封建时代侠客的故事。大伯当时开几家寿司店生意很成功，既有钱又得闲，就去跟老师学《浪花节》了。然而，不知道是五音不全还是怎么回事，他唱起《浪花节》来实在令人惧怕。

到了那个时候，会喝酒的大人都喝得过多了。有些人当场就打呼噜睡着，也有人为了几十年前发生的老问题重新争论起来，搞不好还要动手动脚。女人和孩子们觉得不如逃之夭夭。姑姑们要一起去大浴场，打算边洗澡边继续聊天，问我们：“去不去？”我们说：“不去了。回房间休息。”

原来多么喜欢温泉

当年日本旅馆的主要顾客是男性，所以多数旅馆有很豪华的“男汤”（男浴池），但是“女汤”则往往小得可怜。潮音庄的女浴池都比家里的大不了多少，还不如普通公共浴池的，而且没有什么风景可看，更不具备露天池。尽管如此，姑姑们还是颇欣赏温泉浴。我成年以后才明白：洗温泉的效应主要来自温泉水含有的成分本身，其次来自跟伙伴一起边洗边聊的沟通之乐，其三才是自然风景等眼福。虽然潮音庄的“女汤”没有眼福可享，但是热海不愧为有一千多年历史的日本三大温泉之一，温泉水的品质相当好，泡一泡全身的肌肉就会松开来，让人觉得积累了一年的疲劳会消失。

我跟两个同龄的表姊妹回房间，钻进被褥中，开始谈起不可让大人知道的秘密。我们彼此发誓绝不在午夜前睡觉，但是我从小习惯早睡早起，总是第一个被睡魔袭击的。十年如一日，到了第二天早上，表姊妹都挖苦我说：“昨晚多么好玩呀。太可惜你睡着了，没享受到。”究竟夜里发生了什么好玩的事情，她们永远不告诉我的。

旅馆的早饭比晚饭简单得多：米饭、味噌汤、咸菜、生鸡蛋、紫菜、烤干鱼、萝卜泥，如果再有“蒲鉾”（鱼饼）的话，算是格外奢侈的。大人们似乎前一晚闹了不少矛盾，气氛相当沉重。好在此后几个月大家可以不见面了。爷爷奶奶去世以后，父亲的兄弟姊妹带家眷聚会的机会，除了热海聚会以外只有祭祀爷爷奶奶的法会了。有些人离开潮音庄以后，去海滩上的游泳池玩上半天。听说，走到游泳池之前，会经过火车站附近的礼品商店，卖着各式各样有趣的旅游纪念品。但是，我们家从来没有一起去过。七口子默默地挤上车，往东京出发，有一段时间没人说话。沿着海边道路兜风一段时间后，父亲开口问大家："要不要停在茅崎鲜鱼中心吃顿饭？"十年如一日，我们都说"要"。

当时还以为，十年如一日的热海聚会要永远继续下去。其实不然。我去中国留学两年回来的时候，已经停办了。具体的原因似乎是某伯伯和某叔叔吵架。不过，最根本的原因大概是孩子们都逐渐成长，能集合在潮音庄的人数越来越少。反正，我自己后来出国漂泊十年，不用说温泉聚会，连法会都不能参加了。

离开日本以后，我才意识到自己多么喜欢温泉。听说加拿大的落基山脉有温泉，好期待地去了，结果发现只有热水游泳池，男女老少的白人穿着泳衣进去。也听说匈牙利布达佩斯有温泉，好期待地去了，果然那里有土耳其占领军留下来的华丽温泉浴室，具备着热池、冷池、桑拿、烤箱，能让人享受到对于感官的一切款待。我也去了台湾的温泉，乃当地朋友介绍的阳明山公共温泉，挺有味道的。

双人温泉到全家温泉之旅

我回到日本的时候，已经是大人了。男朋友带我去位于东京最西边的蛇汤温泉宝庄旅馆。跟喧哗的热海不同，蛇汤温泉在海拔六百五十米的山区，除了宝庄以外，没有其他旅馆。我们从市区坐两个小时的火车、公共汽车过去，发现当晚的住客只有我们两个人。

有五百年历史的木造旅馆相当大，光是宴会厅就有八十张榻榻米大。按照规矩，我们先换穿“浴衣”要去洗澡，听说这里的“女汤”和“男汤”是同样大小的。开门进去，果然浴室不大不小，好在两面都有很大的玻璃窗户，外面是茂密的森林，传来山溪的水流声。“女汤”里只有我一个人，唯独听到的是自己洗澡的声音和外面大自然的气息。最初的黄昏不久变成漆黑，山区的夜间到来，安静得令人不安。何况，蛇汤温泉有关于蛇的传说，是很久很久以前有条受伤的大蛇，自己来到这里泡在温泉水中，几天后就治愈了。这故事写在江户时代编纂的《武藏野风土记》中。幸好，那晚我没碰见大蛇。

宝庄旅馆的晚餐以野菜为主，另有只在清流里才能生存的香鱼（日文是“鲇”），味道特别纯粹。当晚我得知：男女双双去淡季的山区温泉，能体会到天人合一的感觉。

那感觉，我后来在奈良县吉野山也体验了。在公元十四世纪，日本的南北朝时代，南朝设在吉野山上，因此当地的传说非常多。好比吉野位于历史、神话、魔幻相交界的地方，那里的药房还卖着根据古老处方配的草药。日本旅馆的浴室始终是男女分开的公共池，即使是只有一男一女两个客人的时候。结果，我又得一个人在空荡荡的浴室里洗澡了，而且在某代天皇都用过的浴池里。有皇家传说的旅馆，连无人的浴室都有历史留下来的许多痕迹似的，好神秘。果然，夜里我做的梦特别复杂。

转眼之间，双人时代马上过去，我的温泉经验又回到跟当初一样的集体活动了。这次是我们夫妻和两个小孩，以及公公婆婆和小姑子一家五口子，总共十一个人的小团队。趁孩子们还小，每逢春假和暑假，都找个合适的温泉区玩两天，要洗澡、吃饭、轮流表演。

因为婆家在大阪和神户之间，目的地一般都在关西地区。神户附近的有马温泉位于高山，夏天去避暑很舒服。城崎温泉，我们则是去过元旦的，那里是美味螃蟹的名产地，也是以志贺直哉的小说《于城崎》著名的文学之乡。古都奈良也有温泉，能看到当地人当神兽的野生鹿。去淡路岛的洲本温泉，除了在鸣门参观海中漩涡，亦能享受传统傀儡戏“人形净琉璃”，也吃得到名产淡路牛肉。滨松的馆山寺温泉位于滨名湖边，既能欣赏风景又能尝到鳗鱼料理，还可参观山叶钢琴工厂和亚洲最大的乐器博物馆，值得一去。冈山的三作温泉，最大的卖点是濑户内海的景色和海鲜。说到濑户内海，小豆岛温泉也不错，那里是老影片《二十四只眼睛》的取景地，拍摄场地如今成为主题公园对外开放。至于海鲜的吸引力，伊势志摩大概就是全日本第一名，毕竟皇家饭桌上的鱼类是从这里捞去的。

人生每个阶段，温泉是幸福的诀窍

算起来，不到十年的时间里，我们去了相当多次旅游。每次的旅行都尽量要去有温泉的地方，结果小团队踏足的温泉地可也不少了。其中，最难忘的是跟婆婆的哥哥夫妇，以及他们两个孩子的家庭共七个人，和我们团队加在一起，十八个人去旅游的一次。

婆婆的老家在大阪南边的和歌山县。我们先开车过去跟和歌山的亲戚会合，然后一直往南穿越纪伊半岛的世界文化遗产“吉野山、高野山、熊野山的参拜路”，看了看跟绿宝石一样透明美丽的熊野川，参观那智瀑布以后，第一晚住宿于港口小镇胜浦的温泉旅馆“中之岛 HOTEL”。

如果有人问我在众多日本温泉旅馆当中最喜欢哪一家，我大概会提这一家的名字。首先，纪伊半岛的自然和文化都非常丰富。光是那边的山、河、海都值得特地去看，沿着海边一直开车，一路上通过汽车窗户看得见海里鱼儿游泳的样子，可以想象海水干净到什么程度吧。对文化感兴趣的人，除了历史书外，还推荐看看当地出生的二十世纪日本重要小说家有吉佐和子、中上健次的作品，如《纪之川》《枯木滩》。其次，胜浦是日本鲔鱼的大产地，早晨在当地的海产市场能看到竞标。其三，中之岛旅馆是一个小岛上唯一的一家旅馆，住客要从胜浦码头坐专船过去。温泉水自海底直接涌上来，泡在热水中，大海就在前面。要钓鱼的话，借鱼竿站在旅馆外边即可，钓上来的鱼可请厨房料理上桌。其四，这里晚餐和早餐的水平都高到令人难以忘记的地步，尤其是早餐提供的茶粥颇有禅味，特别好吃。其五，吃完早餐想散散步的话，旅馆后边就有登山路，走路走累了，上边还有泡脚用的“足汤”设备。从顶上眺望的海景好不必说了，还有昔日文人留下的纪念碑。

从胜浦沿着海边一直往西开车三个小时，便抵达白沙宜人的白滨温泉。全世界白沙海滩有好多处，可是这里的沙子真的很细很干净，而且洗了海水浴出来后，可以直接走到旅馆洗温泉，真是极乐世界。白滨温泉的另一个魅力是这里有适当的俗气。也许是小时候在俗气的热海受了洗礼之缘故吧，我总觉得，除非是大人男女双双去的旅行，温泉旅馆最好具备一些娱乐设施。几个亲戚小朋友好不容易聚在一起，让他们玩玩游戏、打乒乓球，大人在旁边鼓励助阵当啦啦队是蛮不错的。白滨温泉应有尽有，连动物园里大猫熊都有几只呢。

我的温泉生涯，从热海潮音庄起步，经过落基山脉、布达佩斯土耳其浴室、台北阳明山温泉，以及没有别人的淡季山区旅馆，跟十一个人的团队走了西日本好多温泉地。过去一两年，团队中的大孩子们上了中学忙起来，很难配合彼此的时间了，只好把团队规模缩小到核心家庭四口子。

人生每段时间，温泉旅行的形态都会不一样。例如，我父母不去热海以后，有十几年专门跑国外各地。后来过了七十岁，父亲身体不好了，动手术出院后的第一个晚上，就是在医院护士的安排下，去了郊区一个温泉。那是为老夫妻团聚而庆祝的仪式，也是父亲报答母亲看护的方式。又例如，我老朋友彩子，大学时留学出国已经二十多年了，这十余年都在纽约银行做事。她每年回日本一趟，一定带父母和妹妹四个人一起去温泉。光光旅游是不够的，非得有温泉池能够一起浸泡才行，否则没有环境帮妈妈擦背嘛。那就是她孝行的方式，大家都理解。所以呢，我觉得，与其说温泉有心灵的疗伤效果，倒不如说洗温泉是日本传统的养生方法，做人之道了。

我正处于四口子走温泉的阶段。最新的收获是长野县上诹访温泉。从东京新宿站一直坐中央线列车梓号两个钟头，下车后马上能看到美丽的诹访湖和湖边的“诹访湖HOTEL”。隔壁有当地的公共浴池片仓馆，乃设计了现台湾“总统府”大楼的森山松之助晚年的作品，估计北投温泉博物馆早年大概就是这样子的。总之，光是建筑就值得去看了，何况在古董般的罗马式浴池洗个澡以后，还能到楼上休息室，在榻榻米地板上坐下来，喝当地特产诹访啤酒或者八岳牛奶。第二天去邻近的松本市参观国宝城堡，吃特产马肉料理的时候，你也该会同意我了：温泉正是幸福的诀窍。

天空树教东京人重新发现浅草的魅力

> 明治维新后，在银座修建砖瓦街，商店橱窗里展出了从西方进口的种种舶来品。年轻时髦分子从此不去浅草，要逛银座大街了。

东京是很大的城市，可以说太大了。因为太大了，所以连土生土长的东京人都往往只知道东京的某一角落而已。除非有什么特别的契机，市内有些地区，可能是很大一块吧，一辈子都不会踏足。

天空树（Skytree）的开业，对不少东京人来说，就成了那样的契机。住在市内西区，之前没机会去东区浅草、隅田川的东京人，趁难得的机会，要么从东京铁塔脚下的日出码头坐水上巴士（轮船），或者坐东京唯一留下来的路面电车荒川线（即是在侯孝贤作品《咖啡时光》里，一青窈常坐的小电车），到了浅草仰望新地标，然后顺便走走外国游客充斥的浅草寺仲见世一条街。

浅草曾经从江户时代到明治初年是东京最繁荣的闹区。看文豪夏目漱石回想孩提的散文，姐姐为了去浅草看歌舞伎，还没天亮之前就离开早稻田的住家，从附近的码头坐上小船，沿着今天的神田川、隅田川，花好几个钟头才抵达浅草，看完戏后又搭船，深夜才回到家来的。同一条路，如今即使坐玩具般的荒川线，都只需要五十三分钟而已。坐了地铁则用不着半个钟头了。

后来，随着近代化的进展，东京越来越往西发展。明治维新后，在银座修建砖瓦街，商店橱窗里展出了从西方进口的种种舶来品。年轻时髦分子从此不去浅草，要逛银座大街了。

一九二三年的关东大地震，一九四五年第二次世界大战末期的美军空袭，都对包括浅草在内的下町地区造成了致命性的破坏。有些地区的居民，失去了全部家产后，集体搬去了西郊。比如说，今天以宫崎骏吉卜力博物馆闻名的三鹰市连雀町，原来是神田区的一个地名，关东大地震后，整个社区搬迁，不仅是居民连地名都带走了。总之，东京西部越来越发达，东部则给人以相对没落的印象，这是大家有目共睹却不大讲出来的公开秘密。只有外人如美国的老一辈日本通Edward George Seidensticker（一九二一—二〇〇七）才在著作《东京：山手、下町》里揭破了当地人不敢说的实话。

讲回浅草，从雷门通往浅草寺的仲见世一条街上，两边都有鳞次栉比的小商店，在那儿看纪念品，买人形烧等特产零食的，今天大多是外国游客。日本人却往往把浅草当作专门让老外沉浸于日本情调的主题公园之类。实际上，浅草有许多在东京其他地方找不到的老字号食肆、专门店等。换句话说，浅草是真货。

例如，位于地铁站出口，浅草一丁目一番地一号的神谷吧是日本最古老的酒吧，常客都点生啤酒和特制鸡尾酒“电气白兰”，统统喝光了，就保证喝得醉醺醺。又例如，位于驹形桥边的驹形泥鳅是一八〇一年创业的老店，能在古装戏一般的环境里，尝尝跟江户时代一样的泥鳅火锅。或者，位于浅草通和国际通交叉口的宫本卯之助商店，是一八六一年创业的老字号乐器店，宫廷仪式上至今使用他们做的鼓，地铁浅草站通道边玻璃柜橱里展览的豪华神轿，也是该店制造的。

总之，天空树的开业教东京人重新发现浅草这老地区的魅力了。连岩波书店《文学》双月刊的二〇一三年七、八月号都推出了“浅草与文学”专辑。可以说，浅草热潮在日本社会的各方面都正在兴起呢。

日本美食之乡：静冈县

> 无论是骏河人还是滨松人，都在气候温暖的鱼米蔬果之乡出生长大，结果养出了率直开朗、外向好客的集体性格，可说是交友嫁娶的首选。

我任职的大学有个女文员，夏天给各位老师倒新茶喝，冬天则给大家尝香甜的橘子，都是她家乡静冈县的土特产。当别人赞扬起静冈美味来，她就高高兴兴地补充道："还有骏河湾的樱虾、久能海岸的石垣草莓、滨名湖的鳗鱼呢！"

从东京坐东海道新干线往西向京都、大阪出发，不久就经过以诺贝尔文学奖作家川端康成写的小说《伊豆的舞娘》著名的伊豆半岛，然后在前方右手边会看到富士山的雄姿。这时在左边看到的大海就是骏河湾。日本历史上最古老的诗歌集《万叶集》（七世纪末—八世纪末）里有一首和歌道："由田子之浦走出去，马上看见白色灵山，富士高峰正在下雪。"作者山部赤人是日本奈良时代"三十六歌仙"之一。这一首尤其有名，收录于日本人传统过年时玩耍的"百人一首"纸牌，直到今天仍脍炙人口。而成为"歌枕"即诗歌背景的名胜田子之浦，就位于骏河湾正中央，在新干线新富士站和静冈站之间。

人口三百七十多万的静冈县，总面积达七千七百八十平方公里，在日本共四十七个都道府县中占第十名，比首都东京大出三倍。从伊豆半岛东部的热海起，经过骏河湾，直到滨名湖边的滨松，静冈县里的新干线轨道长达一百五十二公里，相当于东京、京都之间共五百一十三公里的约三成了。果然，坐新干线从东京往京都，穿过静冈县花的时间最长。开过了骏河湾西部的静冈市以后，列车就要渡过曾是东海道最大险关的大井川。接着，轨道暂时离开太平洋而移向北，不久在右边看到以养殖鳗鱼闻名的滨名湖，也就是静冈县的西端了。

古代日本人把湖泊叫做淡海。邻近京都的琵琶湖名为“近淡海（也叫近江）”，相对远方的滨名湖则名为“远淡海（也叫远江）”。两个湖泊的所在地就叫做近江国和远江国。直到一八六八年的明治维新以前，现静冈县东部的伊豆地区、中部的骏河地区、西部的远江地区，由三个不同的诸侯统治。虽然如今都属于同一个县了，但是三地居民至今把自己视为伊豆人、骏河人、远江人。尤其骏河是大名鼎鼎的德川家康故乡，曾经是东海道五十三驿站之中最大的骏府宿场之所在地，当地人仍旧引以为荣还能够理解，但是他们也因此对今天县里人口最多，工业发达，山叶钢琴、河合乐器、铃木摩托车等著名企业辈出的滨松市反感甚至瞧不起，则让人难以理解了。

有趣的是，从外人看来，无论是骏河人还是滨松人，都在气候温暖的鱼米蔬果之乡出生长大，结果养出了率直开朗、外向好客的集体性格，可说是交友嫁娶的首选。何况，静冈县人的冰箱里永远装满着故乡寄来的各种美味，谁不想跟他们交往呢？

梓二号之旅

旅行的真谛在于离开日常生活而进入另类时空、另类存在状态。那么，我在“特急梓二号”上过的时间，着实说得上是旅行了。

说到“梓二号”，中年以上的日本人大都会哼起来：明天我将要启程，跟你不认识的人一起，走上本想同你去的初春时分信浓路……那是兄弟二人组“狩人”一九七七年出道而一下子爆红的畅销歌，当年卖了五十万张唱片。“梓二号”是从新宿开往长野县松本市的中央线“特急”列车名称，歌曲高潮部分则唱道：坐八点整开车的梓二号，我、我、我将要离开你……

这些年，我都住在中央线沿路，在火车站常常看到“特急梓号”。也有几次，坐两小时的下行车，去过古城松本以及邻近的諏访湖温泉。至于上行的“特急梓号”，乃以新宿为终点，离我家住的东京西郊国立市，才半个钟头的旅程而已。虽然跟老是拥挤的通勤车相比，坐对号车该舒服很多，但日常生活是日常生活，旅游是旅游，两者始终不是一回事吧。

然而，不久前一个秋天，我忽然闹起严重的腰痛来，连走路都觉得有天大的困难，何况搭拥挤的通勤车上班了。我任职的明治大学，在东京附近拥有三个校区。平时教书，我都搭乘以西郊立川——即国立的下一站——为起点的南武线电车，沿着多摩川和多摩丘陵，坐往东南川崎方向，到了登户就换小田急线，再坐一个站就抵达教职员接送小巴的上车地点向丘游园站。因为从起点站乘坐，大多时候都占得到位子，虽然忍着腰痛，拄着拐杖上班很不容易，但是勉强还行。问题在于每周一次，为了大学博物馆的会议，要去御茶之水骏河台校区的时候。

中央线的立川和御茶之水之间，可以说是全日本通勤最艰苦的地段之一。班次很多，乘客更多，尤其是大家上下班的早晨和傍晚时分，每辆车都拥挤到令人感到生命危险的地步。那“人”还是指普通人、健康人呢。闹着腰痛，行动不方便的“人”还了得！我要解决的问题很清楚：如何占个位子。连站稳都不容易的腰痛患者，不可能站在拥挤到极点的中央线车厢里一直到市区御茶之水去的。

我首先想到的对策是：既然从立川上南武线就能占到位子，中央线也从起点站上车不就成了吗？于是有一个早晨，我搭乘下行车，探险家一般地寻找中央线通勤电车的起点去了。下行车的目的地，白天有立川、丰田、八王子、高尾等。然而，早晨高峰时间的班次，果然全起于东京最西端，据说日本传统妖怪“天狗”集体栖息，法国米其林旅游指南书都给了三个星星的高尾山。从我家住的国立到高尾单程就需要二十五分钟，往返则要起码五十分钟了，相比之下，从国立到御茶之水是四十五分钟的车程。不成比例不在话下，那天中途还发生了小事故。结果，我迟到十五分钟，才忍着腰痛走进大学博物馆地下的会议室，挨了大家的白眼，到底是多大的冤枉呀！但是，要从只有“快速”停的国立，或者从“特快”停的立川，每周一次站四十五分钟去市区吗？不行也！

该怎么办？正好那个时候，我注意到了：对面月台上停着上午八点四十一分离开立川站的“特急梓二号”额外开往东京去。因为御茶之水在新宿和东京两站中间，如果坐一般的“特急梓号”到新宿，我还需要在那儿换上拥挤不堪的“快速”车；然而，搭乘这班“梓二号”直到终点东京站的话，返回来时的位子都保证有，岂不是上帝恩赐的礼物吗？我拄着拐杖，摇着身子，跑上天堂快车“梓二号”，跟乘务员要了一张对号票。八百三十块日圆，相当于普通票的一倍再加三成，或者说吃一顿简便午餐的费用。贵吗？为解救燃眉之急嘛！

后来，腰痛痊愈之前，大约有两个月吧，我每周一次都预购上午八点四十一分离开立川的“特急梓二号”对号座位。当别人板着脸搭乘搞不好会有生命危险的“快速”车之际，我一个人购买罐装咖啡和当天出版的周刊杂志，泰然自若地坐上跟高铁一样舒服的“特急”车，看着沿路老百姓生活的模样，享受四十五分钟的小旅行。用一个词来形容感受的话，便是：奢侈。

旅行的真谛在于离开日常生活而进入另类时空、另类存在状态。那么，我在“特急梓二号”上过的时间，着实说得上是旅行了，因为平时从拥挤不堪的“快速”车上看到的沿线风景，和安然坐在“特急梓二号”时看见的景色，显然不一样。闹起腰痛以后，觉得压力太大的博物馆会议，后来变成了令人期待的外出了，这都归功于上午八点四十一分离开立川站的“特急梓二号”。

玫瑰色的烤羊排

我自己，除了受过北京东来顺的涮羊肉、烤肉季的烤肉，以及新疆烤羊肉串的洗礼以外，还有一次，在法国巴黎香榭丽舍大街上的一家餐厅，尝到了美味到做梦一般的玫瑰色烤羊排。

最近一个周末，我请一位同事带太太、公子来我家玩，晚上要烘烤羊排大家一起吃。

一般说来，日本人是不大吃羊肉的。看日本政府农林水产省发表的统计，羊肉的消费量在各种肉类的合计中，才占百分之零点五而已。相比之下，猪肉占百分之四十四、鸡肉占百分之三十三、牛肉则占百分之二十三。一亿三千万日本人每年消费的羊肉，只有两万七千吨；其中，国产羊肉仅有三百吨，也就是百分之一。

羊肉的流通量那么少，果然在一般的肉店里是很少见到的。我家附近的纪之国屋超级市场，因为刚创业时主要针对旅日外国人，所以至今卖美国火鸡、丹麦奶酪、纽西兰羊排等。在鲜肉冷藏柜里，进口羊排占的位置是最上层的最右边，一看就知道是跟和牛沙朗并肩的高级肉类。尽管如此，普通日本人都嫌羊肉腥，我估计就是没有机缘所致。

在我的朋友当中，却有的是羊肉粉丝，其中多数是在国外受的启蒙。我自己，除了受过北京东来顺的涮羊肉、烤肉季的烤肉，以及新疆烤羊肉串的洗礼以外，还有一次，在法国巴黎香榭丽舍大街上的一家餐厅，尝到了美味到做梦一般的玫瑰色烤羊排。另外，曾在加拿大居住的六年半时间里，有机会品尝的众多食物中，最难忘的就是一个朋友在家中厨房烘烤的羊腿，乃蘸着英国式薄荷酱吃的。

这次请来的同事是法国文学专家，几乎每年夏天都带家属去巴黎研究。只是今年，他家有个大学应考生，使父母觉得不方便留下他一个人出国。我请来同事夫妇和他们家的老小，一起吃烘烤羊排，即使比不上巴黎餐厅的味道，至少可以当作谈谈法国回忆的话题吧。

我做的烘烤羊排是英国式的。在整个羊排上搁了蒜末、盐、胡椒后，放进烤箱里，以摄氏两百度的高温烘烤到外面稍微烧焦，内部温度上升到摄氏五十度为止。接着，用锡箔纸把羊排包起来，放置二十分钟，使得肉汁不流出来。上桌后，用大刀把羊排沿着肋骨一根一根地切割开来，在每个人的盘子上放三根，再配上烤马铃薯和奶油胡萝卜、四季豆，临吃前，蘸点肉酱和薄荷酱就是了。

烘烤成功的羊排，切割以后，里面呈现充满魅力的玫瑰色，对羊肉粉丝来讲，简直发出令人无法抗拒的吸引力。幸亏，这晚的三位客人加上我家四口子，全是不折不扣的羊肉迷，大家都默默地吃了羊排后，舍不得似的还叼着排骨呢！

粉红色的鱼子沙拉和蓝色的奶酪

日本很多超级市场都卖古冈左拉奶酪，但是从来不分“辣的”和“甜的”，再说远远运输过来后多少难免失去风味，还不如尽可能去当地采购。

请朋友来家里吃饭，除了主菜烘烤羊排以外，作为开胃小菜，我都要做鱼子沙拉的。

英文所谓的Taramasalata，好像发源于希腊、土耳其，本人则忘不了曾在东马婆罗洲古晋市的小黎巴嫩餐厅尝到的美味。总之，应该可以说是地中海东部风味。它在北美、西欧大城市早已广泛普及，被视作充满异国情调的小吃或冷盘了。

日本流行的食谱说要把马铃薯泥和鱼子混合在一起；美国的则说要用白面包。我比较喜欢美国式不黏的口感，于是把三片白面包先用半杯水弄湿，然后跟两百克鳕鱼子、两个蛋黄、柠檬汁、橄榄油一起混合，放在食品料理机里以高速度回转半分钟就是了。做好的鱼子蘸酱，先放在冰箱里冷却，临吃前，盛在各自的小碗里，配上面包片上桌。西式冷盘里常见的蘸酱，例如鱼子沙拉或鸡肝酱等，材料并不复杂，就是需要把各材料捣碎混合。我以前觉得好麻烦，前些时买了美国制Cuisinart牌的食品料理机以后，特别省事，可以经常做了。

用鳕鱼子做的蘸酱呈现浪漫的粉红色，好迷人。我决定将上次去意大利佛罗伦萨带回来的蓝色奶酪都从冷冻库拿出来，一起放在盘子上了。

意大利著名的古冈左拉（Gorgonsola）蓝纹奶酪，去了当地的中央市场门市部后，居然有“辣的”和“甜的”两种。实际上，说“辣的”也不含辣椒，叫“甜的”也不含砂糖，就是成熟程度不一样罢了。尝尝“辣的”，味道确实很刺激，舌头尖端竟有“麻”的感觉；“甜的”在舌头上留下的印象，则像鲜奶油或奶油那么的滑润。日本很多超级市场都卖古冈左拉奶酪，但是从来不分“辣的”和“甜的”，再说远远运输过来后多少难免失去风味，还不如尽可能去当地采购。回到家后，用保鲜膜密封再放进塑胶袋里，在冷冻库保存，几个月都不会变质。

跟这天的主菜烤羊排一样，蓝纹奶酪也并不是日本多数人能接受的。好在我的家人和法文老师的家人，都在世界各地尝过美味，对外来的食物颇为心胸开阔。说实在的，英文专家们经常讲：怎么搞中文的和法文的都那么着迷于美食呢？所以，说不定我们是分别受了中国文化和法国文

化的熏陶，结果连自己带家人都成了不折不扣的“吃货”，
不亦乐乎！

筷子和牙齿之间

> 大部分日本人一辈子在日本生活，对老家规矩从不提出质问。我却喝过中国、西方的水，对没有切小块的食物，没有刀叉的饭桌，不能不感到别扭。

已到初秋了，但东京菜市场上卖的青椒还是很大很甜。于是我想到做镶青椒当晚饭主菜。只是有件事情，我一向想不通：一个大青椒约有十厘米长，若塞入大约二十五克猪绞肉，不大可能一口气吃完。但是，分几口吃，场面又嫌不雅，该怎么办？

据说，西方人到了十六世纪才开始用叉子。之前，他们是一手拿刀子切肉，一手抓肉吃的。相比之下，中国人早在孔夫子的年代，就已经开始用筷子吃饭。稍后的孟子曰：君子远庖厨。也就是说，挥刀料理是厨子、女人的事，大男人专门负责举起筷子来吃食。总之，凡是中国菜，上了桌的菜肴再也不需要用刀子切，能够直接使用筷子放心地吃。

反过来看日本的情形，公元七世纪，从中国经朝鲜半岛，传来了筷子。到了八世纪，贵族领先开始用筷子吃饭，后来也普及到社会各阶层去了。西方式的刀叉，至今只在吃西餐时特地拿出来用；平时在家吃日本菜，桌子上连羹勺都看不到，只有一双筷子而已。

尽管如此，在厨艺方面，日本人却从来没学到中菜的刀法。例如，把肉切成同样大小的片、丁、丝等等，在中国文化圈连普通人都懂的手艺，在日本，只有专业厨师才会做。给一般人看的食谱，往往就说：把肉切成“容易入口的大小”即可。说实在的，很多种日本菜肴，没有切成小块就上桌，可是桌上又没有刀叉，临吃之前要自己切小块都不可能。例如：天麸罗明虾是把整只明虾裹面粉油炸的，全长约有十五厘米，没有刀叉怎么吃呢？答案：用门牙咬断。又例如：寿喜烧用的牛肉片，一片约有四十克，在铁锅里煮好的肉，按照习俗蘸生鸡蛋后，一口气吃不完该怎么办？答案：用门牙咬断。

大部分日本人一辈子在日本生活，对老家规矩从不提出质问。我却喝过中国、西方的水，对没有切小块的食物，没有刀叉的饭桌，不能不感到别扭。比方说，当面对十厘米长、含二十五克猪绞肉的镶青椒之际。其实煎熟后，倒汤汁盖锅焖煮的镶青椒，口感软绵绵，并不难用门牙咬断的。可见，主要的问题并不是技术方面，而在于场面雅不雅观。

昨天晚上，我家四口子吃饭，果然大家拿肥胖的青椒有点为难。不过，最后都发挥日本人的本事来，边用门牙咬断边咀嚼吃下，还说：味道不错。我看着家人的样子，心里想：下次把它用番茄和红酒调味，完全弄成西方菜，用刀叉吃就好了。然后，作为参考，顺手打开中餐食谱看看粤式镶青椒的做法，谁料到第一行就写着：每个青椒切开三大块，再修成直径六厘米之圆形。还是中国人厉害。

俄罗斯式生鱼片

我曾经在荷兰哥本哈根机场的等待时间里，在商店买的开口三明治上有肥肥的生鲱鱼片，吃起来非常可口，堪称味觉上的艳遇。

融入于日本家常便饭的西餐，有一部分显然源自俄罗斯。比方说，给肉丸子抹上了面包粉以后油炸的炸肉饼、把煎好的肉丸子煮在番茄酱汁里的汉堡排、将煮熟的马铃薯丁和火腿丝等一起用美奶滋蛋黄酱拌一拌的马铃薯沙拉等。在小学、中学提供的营养午餐里时常出现，一向受同学们热烈支持，撒满白糖的油炸面包也应该是受了俄罗斯影响的。日本人直接接触到俄罗斯文化的机会，历史上并不多见，因此我估计，这些菜式恐怕是二十世纪中期以前，通过中国哈尔滨、上海等地方，传到日本来的。

我家附近就有一家俄罗斯餐厅叫做“酸奶油”，老板曾多年在新宿“松花江”餐馆工作，而“松花江”正是著名歌手加藤登纪子的父母亲，第二次世界大战结束以后，从哈尔滨遣返回日本后开张的。在明治大学教法语的我同事，乃一九七〇年以《洋槐花的大连》获得了芥川赏的小说家清冈卓行之次子。他双亲都生长在一九〇五年日本从俄罗斯夺取的不冻港大连，直到因日本战败而给遣返回来为止。至今在他的家庭成员之间流传下来的大连风味，有家里手工做的水饺和去餐厅享受的俄罗斯菜。

我本人跟俄罗斯或者大连都没有地缘、血缘，是个单纯的俄罗斯菜粉丝罢了。这些年来，在长春、哈尔滨、北京、上海、香港等地的餐馆，尝到过融入于当地饮食文化里的俄罗斯菜。回日本定居以后，我先去了几次“酸奶油”，后来开始看着食谱自己做。罗宋汤、俄式酸奶油炒牛肉饭、烘烤猪肉配酸奶油、馅饼等都受家人、客人欢迎。可到底都是日本人，大家对生鱼片的兴趣始终最大。

全世界吃生鱼的远不仅是日本人。我曾经在荷兰哥本哈根机场的等待时间里，在商店买的开口三明治上有肥肥的生鲱鱼片，吃起来非常可口，堪称味觉上的艳遇。谁料到，“酸奶油”供应的俄式冷盘里也有类似的生鲱鱼片、生鲑鱼片。翻开食谱看做法，原来只是用盐、糖、胡椒和小茴香叶腌一夜。吃时切成一片片，并配上薄饼和酸奶油，卷起来的吃法犹如烤鸭一样。

前些时女儿过生日，特地向母亲要求说：想在家里尽情吃“酸奶油”那样的俄式生鱼片。于是我准备好了红白两种腌鱼（鲑鱼和秋刀鱼）、应时的鲑鱼子、高丽菜沙拉、马铃薯沙拉，以及吃俄罗斯菜不可缺席的酸奶油，另外也调好了发面，等临吃之前一张一张地油煎。当晚六点多开饭，大家拿起刚煎好的薄饼，把鱼片、沙拉等放在上面，浇了酸奶油后卷起来吃。既好吃又好玩，给女儿过了个快乐的夜晚。那样吃的生鱼片，果然跟蘸着山葵、酱油吃的日式生鱼片是完全不同的味道，可说趁闺女的生日，举家享受到了旅行家的口福。

稻草富翁的可乐饼

这位老妇人的娘家曾在伊香保温泉区经营过日本最古老的西式旅馆之一，所以她不仅从小接触到西方古典音乐，而且向来习惯吃名厨做的西洋料理。

稻草富翁是日本很有名的童话人物，最早在十二世纪编撰的《今昔物语》一书里出现。本来他是个一无所有的穷人，手里只有一根稻草，可是经过几次的以物易物，最后成为大富翁。至于可乐饼，乃上世纪初普及的日式西餐之代表食品，据说是从法国菜 croquette 演变而来的，简单而言是裹上了面包粉后油炸的马铃薯团子，跟咖喱饭和吉列猪排一起被誉为“大正三大洋食”。总之，在日本没有人不知道可乐饼为何物，尤其是小朋友们，一看到它就会高兴地蹦起来。最近我收到了别人送来的十四个手工可乐饼和一包朗姆酒核桃蛋糕，颇有成了稻草富翁一般的成就感。事情是这样子的……

几个月以前的一个星期天，我去住家隔壁一桥大学的礼堂听一场音乐会去了。节目是贝多芬作曲的交响乐加上钢琴协奏曲。因为交响乐团里有我女儿的小提琴老师，我们顺便买票捧场去的。到场以后才发现，原来小提琴老师的父母大人就坐在我们旁边的位子上。

八十多岁的老夫妇，原先是读卖交响乐团的低音大提琴手和小提琴手，如今早已退休，身体仍非常健康。老太太告诉我：最近开始学太极拳了，感觉非常好，只可惜师傅是日本人，对太极拳各类动作的中文名称不大熟悉，于是自己买来了几本参考书要研究一下，但是里面介绍的中文发音又跟老师说的不一致，教人糊里糊涂，摸不着头脑。于是我对她说：中文发音，本人算是内行，随时都可以帮帮忙。

过几天，女儿上小提琴课，带回来了老太太在两张大纸上用铅笔书写的太极拳用语一览。什么“双手托天理三焦”啦，“左右开弓似射雕”啦，我打开电脑一一用汉语拼音注音，并且用日文片假名附上了大致的读音后，叫女儿带去交给老太太。她马上打电话过来道谢说：好比得到了个宝物一样高兴。本来还提出要给报酬，我谢绝了。

未料，过了一个星期，女儿又去上小提琴课，回来的时候，在她背包里装满着可口回礼。打开一看，果然是老太太亲手做好后冷冻的十四个大可乐饼，以及也是自家制作的西式糕点。于是我想起来了，这位老妇人的娘家曾在伊香保温泉区经营过日本最古老的西式旅馆之一，所以她不仅从小接触到西方古典音乐，而且向来习惯吃名厨做的西洋料理，包括用白酱和马铃薯泥做的正宗法式可乐饼、放满了核桃和葡萄干后用朗姆酒加香味的欧陆式蛋糕。

第二天晚上，我就把老太太送来的可乐饼解冻后油炸，女儿和我各吃了三个，儿子和老公则各吃了四个，然后还把核桃蛋糕切成薄片给大家赏味。到底是手工做的食品，比买来的亲切，带来的满足感也更大，非常好吃。这次我帮老太太做的小差事，本来完全属于自愿义务性质的。正因为如此，当收到本来没期待的答礼时，感到加倍高兴，更何况两种礼物都散发着近代初期的日本上流阶级向西方学习的泰西文化之香味，吃起来特道地可口。

日本菜的凋零

薮荞麦和山之上饭店一向都是在东京人印象里的老字号兼地标，谁也没想到有一天会消失。如今一个接一个地要变成历史，令人深感寂寞。

有朋自远方来，不亦乐乎？该尽地主之宜，好好招待一番了。既然是外国宾客，请吃当地日本菜为佳。但是去哪里请吃什么好呢？

东京最充满日本味道的地方是浅草。那里有著名的驹形泥鳅锅店、今半和米久两家老字号牛肉锅店，另外也有寿司一条街，个人经营的小寿司店鳞次栉比。可是，我的外国朋友这回要住神田神保町，乃全球旧书店最集中的地方，周围也有好多所大学、出版社，作为中年文人下榻的场所，可说是再好不过的选择了。只是，那一带是从明治初年，即十九世纪后半叶的“文明开化时代”才兴起的，多数食肆卖外国菜。比方说，已故小说家吉田健一，即前首相吉田茂的公子，在中央大学任教时常光顾甚至当会客室用的 Luncheon，乃啤酒屋兼西餐厅。留学时期的周恩来曾去过的汉阳楼自然是中餐厅。一九三六年开张的铃兰通包子店名副其实地专门卖中式包子和饺子。学生们常排队的埃塞俄比亚则是咖喱饭馆了。

以前，离神田车站不远的神田连雀町有薮荞麦，能够在被市政府指定为文物的纯日本式房子里吃到东京风味的荞麦面条，可惜在二〇一三年二月的火灾中遭受了严重的破坏，非得拆掉后改建不可，暂停营业一段时间。历史小说名家池波正太郎，生前常去御茶之水车站附近的山之上饭店吃天麸罗，可是这家饭店也在薮荞麦停业的两个月以后闹了火警，结果影响到饭店名声，据说要找个买家出售了。薮荞麦和山之上饭店一向都是在东京人印象里的老字号兼地标，谁也没想到有一天会消失。如今一个接一个地要变成历史，令人深感寂寞。

二〇一三年年底，联合国教科文组织决定把“和食”即日本菜列入世界无形文化遗产，乃仅在法国、地中海、土耳其菜之后的第四名。日本政府要振兴“和食”，一方面是为挽回福岛核电厂事故以后失去的食品出口市场，另一方面则要趁世界各国正流行日本菜之机促销国产食品、引进游客，也都跟国际经济活动有关系。然而，实际上，在日本人日常的饮食生活当中，本国传统的“和食”占的比率正直线降低。据二〇一二年的民意调查结果，日本小孩爱吃的食物，除了第一名寿司之外，第二名拉面，第三名咖喱饭，第四名韩式烤肉，第五名汉堡排等，都是受了外国影响的食品，何况下面还有牛排、意大利面、炸薯条、汉堡包、披萨、蛋包饭等等。

也就是说，在传统日本料理当中，如今还受广大国人支持的似乎只有寿司，果然跟外国人最喜欢吃的日本料理不谋而合了。所以，有朋自远方来，我也就是请他吃寿司好了，对不对？

东方女孩闯世界

> 离乡背井闯世界的东方年轻人，似乎女孩子明显占了多数。

二〇一三年春天去了一趟意大利。正碰上复活节，古都佛罗伦萨挤满了世界各地来的游客。听他们讲的语言，显然有美国、英国、德国、法国、西班牙等各地方来的人士。至于东方游客，虽然有日本人也有韩国人，但是占多数的是中国人。

记得一九八〇年代中，我在中国留学的日子里，每次放假都背着背包，一个人闯大陆南北去了。当时的主要交通工具是铁路，而在长途火车上的中国旅客，几乎清一色是男性。他们要么去出差，或者回家探亲，但是甚少有人在旅游，因为纯粹属于玩乐的旅行，当年在中国大陆是仍未兴起的。在社会主义的中国，虽然说女人能顶半边天，但是实际上，男女两性的地位并不相同，铁路上的情形是其中一个表现。在那么个环境里，人们不能理解我这个外国女孩一个人坐上火车干什么。出乎理解之外，他们常把我当作卖衣服的个体户大姐了。

俗话说，三十年河东，三十年河西。如今的中国正处于旅游热潮时代。我前些时看到了万里长城跟上海南京路一般挤的照片，但是万万没有想到，到欧洲名胜去观光的中国游客也会一样多。跟着导游走的男女老少旅游团，在佛罗伦萨、比萨等地，我看到了好多。看样子跟同事到欧洲出差，顺路观光世界文化遗产的先生们，我也见到了几批。不过，印象最深刻的，倒是二十几到三十几岁的女性；她们要么跟同性朋友一起，或者带年迈的父母，果敢踏上了自由行之路。

我最初注意到她们是在佛罗伦萨中心区的餐厅里吃晚饭的时候。旁边位子的客人是三个东方女性，听她们说话的口音，原来是大陆出身的中国人。众所周知，西方各城市好一点餐馆的客人，向来以夫妻、情侣或者家庭小团队为主，同性伙伴聚餐的情形，虽然不是完全没有，但一贯属于少数，尤其在晚餐时间。因而三个中国女性占一个桌子的场面，多多少少不能不引起旁人的注目。好在佛罗伦萨是世界级的观光地，什么样的客人，餐馆伙计都早已司空见惯，对于东方娘子军，伺候的态度也够彬彬有礼。她们点菜的时候，讲的是相当流利的英文。于是我估计，大概是就读英国大学的中国留学生，趁复活节假期来意大利旅行的。她们喝着矿泉水，各吃一盘菜，半个钟头后就走了。

第二天晚上，我去火车站附近另一家餐馆，碰上了同样年岁的两个中国女性，一进来就点了当地名菜佛罗伦萨式牛排。这种菜式一定要用所谓的T骨牛排，并且以一份一公斤为标准量。两个中国女孩子协力面对大盘烤肉，成功地吃光后，加点了甜品和咖啡。这两个人在餐馆里待的时间比前一晚的三人帮长一些。然而，在同性伙伴之间，还是没有特别快乐的氛围。她们之间的关系，也许说不上什么闺蜜，只是单纯的同性同乡同学关系，为了安全起见，结伴出外旅游而已。

改天，我去比萨看斜塔。在佛罗伦萨火车站等候时，看到了似是四十上下的中国北方女性带着六十多岁的父母亲，三个人在意大利旅行。她恐怕是未婚的职业妇女吧，有钱有本事招待父母亲去欧洲游览。老人家年轻时，估计连想象都没有想象过，他们的独生女有朝一日不仅去国外念书而且工作赚钱，还策划三口子的西洋漫游。然后，在佛罗伦萨的商业区，我也有几次看到了父母女儿三人行的中国人。想起三十年以前，中国的长途火车上几乎没有女性旅客的情形，我的感慨良多。身为资深背包客，我知道，单独在国外旅行就不容易了，何况带领两个不会讲外语、说不定也吃不惯外国菜的老人家走。我真佩服大妹们的气概。

三十年前，我们是单独闯世界的第一代日本女孩。十五年前，我注意到，中国台湾女孩都开始往外跑了。这次在佛罗伦萨中心区的个人经营快餐店外，我碰上了一个三十几岁的台湾女子，跟白人男朋友一起站在外头，一边喝葡萄酒一边吃招牌的牛肚三明治，显然活得非常快乐。现在，中国大陆的女孩子们，也终于成群去国外念书旅行，同时不忘记孝顺父母。我相信她们也很快就学会了如何享受有限的人生。

有趣的是，离乡背井闯世界的东方年轻人，似乎女孩子明显占了多数。于是我估计，古老东方的女孩子，觉得人生处处是拘束，因而渴望往外寻找自由的空间。相反的，古老东方的男孩子，则从小被宠爱，觉得何必到异乡吃苦？无论如何，旅游毫无疑问是认识世界的最佳方法。国家经济发达到一定的程度，公民才能享受到国外旅行的自由。这一点，绝对称得上是进步。

世界文化遗产的吊诡

各地的世界文化遗产正遭受观光化的打击，该说已到了燃眉之急的地步。

前后去了两个世界文化遗产：意大利佛罗伦萨与马来西亚马六甲。两个拥有完全不同历史的城市，意外地给我留下了相似的感想：世界文化遗产的认定带来的观光化，对文化遗产本身反倒构成了严重的打击。

世界文化遗产的认定，目的是发扬并保护人类共同的古迹。以佛罗伦萨为例，它是欧洲文艺复兴的发祥地，有许多宫殿、教堂、博物馆以及在里面展览的绘画、雕刻，等等，能参观的景点实在很多，把整个历史区认定为文化遗产，着实有道理。

其实，早在一九八二年的世界遗产认定前，佛罗伦萨就是著名的旅游胜地。例如，俄罗斯浪漫乐派作曲家柴可夫斯基，一八九〇年写的弦乐六重奏《佛罗伦萨的回忆》，就是受他在赞助者梅克夫人的支持下，从俄罗斯老远去佛罗伦萨小住时的印象所启发。难得的是，他曾住的房子，在一百二十多年后的今天仍然存在，仍然有人住。再说，在同一条小路上，还有比柴可夫斯基早三百年，伽利略·伽利莱住过的老房子呢。

如此丰富华丽的历史，理应吸引许多游客，尤其被联合国教科文组织推荐为世界文化遗产以后。当我到佛罗伦萨的三月底，正逢复活节的假期，许多欧洲中学生团队在老师的带领下来参观各景点，另外也有好多年轻人跟几个朋友结伴来玩乐。白天前者的人数太多而造成观光的障碍，晚上则后者的声音太大而妨碍无辜旅人的安眠。

在马来半岛的古都马六甲，更荒谬的打击正在进行中。贯穿历史区的马六甲河两岸，以前只看到一排老房子的后门；这几年却请画家来，用鲜艳的油漆整面都画了既像涂鸦又像迪士尼卡通的壁画，并且在河岸上开了一家又一家的啤酒屋，最后还在沿岸一路设置了灯光照明，以便啤酒屋的醉汉以及游船的乘客，夜里都看得清楚历史区化过妆的新面貌。为了娱乐游客而改造历史区，似有误解了世界文化遗产本旨之嫌。可是，被世界文化遗产吸引而来的多数游客，寻找的恐怕就是好看、好玩的景点。

马六甲海峡边新盖的马六甲塔，令外来游客叹息不已。但是，反省一下我的祖国日本在二十世纪后半叶走来的路，不仅东京盖了东京塔，京都也盖了京都塔，横滨盖了海洋塔，神户盖了港口塔，谁有资格反对马六甲人建设属于自己的观光塔，何况马六甲的老对手吉隆坡曾有过世界最高的大厦？

位于荷兰广场和唐人街中间，跨过马六甲河的金声桥边，我去的时候摆着巨大的郑和宝船模型，上面写的方块字说：欢迎中国政协主席贾庆林访问马六甲。其实不仅是政协主席，很多中国平民都参加旅游团，坐一辆又一辆的大巴士来马六甲观光。相比之下，日本游客则寥寥无几，而且几乎都是已退休的老年夫妇了。曾经一九七〇年代吧，大批的日本旅游团到东南亚、欧美各国去观光，以种种不文明的行为引起了当地居民和媒体的皱眉和嘲笑。如今的大陆游客看起来大多够文明礼貌的样子，可是部分人的所作所为还是在各地引起批评，令人难免有三十年河东、三十年河西的感慨。

各地的世界文化遗产正遭受观光化的打击，该说已到了燃眉之急的地步。那观光化也往往带着迪士尼化的色彩，例如：佛罗伦萨街头越来越多的快餐店都推出披萨片—可乐套餐。当然，三十年前领亚洲各国之先让东京迪士尼乐园开张的是日本人，哪能批判人家走同一条路？哎！

马六甲纪行：圣方济各的螃蟹

居住于马六甲的华裔也好、印裔也好、葡裔也好，代代都努力不忘本，结果导致多种文化和平共处的社会。真有趣。

去了一趟马六甲，玩得、吃得都挺愉快。没去之前，有个朋友告诉我：看古建筑，你非得去槟城不可，李安不是在那儿拍了《色·戒》的外景吗？但马六甲呢，大家多说是“马六假”，别去好了。

二〇〇八年，马六甲和槟城一起被列入世界文化遗产名录。我知道，有不少古迹成了世界遗产以后，太多游客涌上来，使得原有文化遭到严重的破坏。尽管如此，我还是非去马六甲不可的，因为日本史的教科书上出现的第一个西方人，耶稣会士圣方济各·沙勿略，就是在马六甲认识一个叫弥次郎的日本人，才决定往远东出发的。

沙勿略在日本的名气，一点也不亚于他伙伴利玛窦在中国的名气。尤其对向往海外的日本人来说，他简直是历史性偶像。我曾经旅居香港的日子里，常去澳门路环岛，就是由

照片1 日本历史教科书上出现的第一个西方人圣方济各。

照片2 在马六甲认识了日本人弥次郎，决定去远东传教。

于那里有小巧可爱的圣方济各堂，可以启发各种历史想象。

这次，我们四口子从东京飞往吉隆坡，在机场换坐计程车，一路往马六甲奔驰了。夜里抵达的古城历史区，到处挂着红色灯笼，微微的光线射在河面上浮动，给人一种走进了影片里一般不知是现实还是梦的感觉。

第二天早晨起来吃完早饭，我们就穿过花哨三轮车密集的荷兰广场，冒汗上阶梯到位于小山上的原圣保罗教堂遗迹。那里有个沙勿略像，望着脚下的马六甲海峡（照片1）。我好比是看到了憧憬多年的老偶像，心中感动至极。走下坡，马六甲河边有圣方济天主堂，院子里设着沙勿略和弥次郎师弟的石像（照片 2）。

马六甲是多种族城市：有马来人、印度人、华人以及华人和当地人混血的峇峇娘惹等。另外，至今都有跟沙勿略同一时代过来的葡萄牙人后裔居住的社区。听说，那里有能坐在马六甲海峡边吃海鲜的餐厅，于是我们傍晚搭计程车过去。果然，用油漆涂成奶油色、天蓝色的木造平房里挂着圣母的肖像，车子到了尽头，就有十家露天餐厅鳞次栉比。

我们点了胡椒螃蟹、黄油蒜头炒中虾、油炸鱿鱼、特色茄子、马六甲炒饭。样样都挺不错的，尤其那螃蟹壳大肉嫩，是可圈可点的美味（照片 3）。记得沙勿略有几则关于螃蟹的传说，其中之一说：受他祝福后，马六甲海峡产的螃蟹，甲壳上有了十字架花样。那晚吃的螃蟹甲壳上没有十字，也好啊，免得我们吃掉圣人徒弟了。

照片 3 马六甲葡萄牙社区的露天餐厅供应新鲜海产，包括马六甲海峡的螃蟹。

马六甲鸡饭粒

多元文化城市马六甲，最著名的当地风味是华人做的鸡饭粒。尤其是位于马六甲河金声桥下的中华茶室，和跟它只隔一条小路的和记鸡饭团，名气特别大。两家店都早晨开门中午关门，中间去看看，无论什么时候都排着长长的人龙。

高中一年级的儿子几年前在东马砂拉越州首府古晋市吃过一次海南鸡饭而着迷，后来一直念念不忘；这次到了马六甲，他发现此地鸡饭店吸引很多外来游客，自己也不甘落后，非尝尝不可了。我若是一个人旅行，则不会为吃鸡饭而在热天下排队，可是做父母的始终希望孩子能实现每一项梦想。于是早晨八点差一刻，铺子还没开门之前，我们就从饭店出发，抵达中华茶室的时候，果然已经有好几十个人在门外排队了。

这家馆子门面很小，走进去也不大，外面招牌、里面装饰都简单朴素到极点。然而，马来西亚各地以及新加坡来的游客们，人人都乖乖地排队，为的是尝尝传说中的美味。八点半，店员出来开了门，可是只有几个人能进去。等他们吃完一顿饭出来，后面的人才能进去。我们前后等了一个半钟头，终于进去在圆桌边坐了下来。

虽说招牌上写的字号是中华茶室，实际上，这是一家鸡饭专门店。再说，他们卖的鸡也只有一种白切鸡而已。所以，

照片 4 马六甲风味鸡饭粒，是大名鼎鼎的海南鸡饭改造成饭团的。中国茶室从早排人龙，大热天下等一个半小时后进去，小女儿差点没昏倒。

坐下以后，根本不必叫菜，告诉了店员几个人，就自动送来几人份的鸡饭了。南洋各地都有海南鸡饭，马六甲式的特点是把鸡汤里煮熟的米饭弄成乒乓球大小的球形，即鸡饭粒，在每个人的盘子上放五个。翻看当地资料，鸡饭粒的历史不长也不短，好像是和记现任老板的父母挑扁担卖鸡饭时的发明（照片 4）。

天天排人龙的著名店卖的白切鸡，蘸点蒜头辣椒酱吃，果然很嫩很可口，儿子吃得蛮高兴。可是，他妹妹呢，却在漫长的排队时间里闹了脑贫血，坐下来都恢复不过来，没胃口。

联合国教科文组织指定为世界文化遗产的马六甲历史区，以金声桥西侧的唐人街为主。我们有天早晨去打金街清真寺对面的荣茂茶室喝早茶。这家店供应粤式点心，种类不少，味道亦佳。跟几位当地华人先生共用同一桌，人家照顾我们加热水，叫店员买单等。虽说一样是门庭若市的名店，但是这家的气氛轻松很多。这回哥哥妹妹都尝饱了叉烧包、虾饺、烧卖、鲜竹卷、排骨、粉果等等，不亦乐乎。

郑和套房

爱尔兰诗人叶芝（William Butler Yeats，一八六五—一九三九）有一首诗题为《航向拜占庭》，我浸泡在马六甲河畔之家饭店屋顶上的游泳池里，不禁想起那首诗来，嘴里自言道：因此，我游向马六甲海峡。

旅馆位于贯穿古城的马六甲河河口，本来就能从屋顶上瞭望马六甲海峡。建了所谓的无边游泳池以后，更让人产生里面的水直接延续到大海和天空的幻觉。虽然房价不菲，我还是觉得住这一家饭店是不错的选择，何况我们订的是郑和套房。

小城马六甲的魅力在于它拥有多层的历史，各路英雄辈出，充满令人兴奋的故事。马六甲的英雄中，马来人的代表有汉都亚等王国时代的著名剑客，西方人的代表则有耶稣会士圣方济各·沙勿略等，至于华人代表，就非三宝太监郑和莫属了。是他带领几万海员下西洋七次，开通了从东亚往印度、阿拉伯、非洲的航路，并在马六甲建立贸易基地，使此地成为东南亚地区最繁荣的港口城市。

近年，旧市区里开设了郑和文化馆，摆出郑和时代马六

照片5 马六甲郑和文化馆展览的模型，仿佛《清明上河图》，表达出当年国际城市的活力。

照片6 马六甲河畔之家饭店的郑和套房，房间号果然是豪气的1888。

甲街头的小模型：各色皮肤，着各样衣服的人们，在繁华的街头上做买卖、享受生活。那场面不无像北宋画家张择端画的《清明上河图》（照片5）。另外，文化馆也展出三宝太监从非洲带回来的实物一样大的长颈鹿模型。从文化馆走出来，在通往荷兰广场的金声桥下十字路口，能看到郑和宝船的大模型，以及陶瓷等当年的贵重物品。

没到马六甲之前，我看了日本广播协会（NHK）电视台逢郑和第一次下海六百周年，于二〇〇六年播放的节目《伟大旅人：郑和》。祖先来自中亚的回族人，奉明永乐皇帝之命，率领既豪华又巨大的舰队航行大海。多浪漫！于是除了沙勿略之外，郑和也成了我的偶像，虽然严格说来，他们属于互相敌对的势力。网络上查询适当住宿的时候，我发现了新盖的河畔之家饭店有两房一厅加上阳台的单位，就叫做郑和套房的，怎能抗拒呢？结果，这回我们破例住进了观光地中心的奢侈饭店。谁料到，走到房间，又有个惊喜：位于一〇九房间的隔壁，这套房的号码居然是一八八八（照片6）！

高品质的旅游地，跟高品质的艺术作品或者美食一样，让人有回味无穷的乐趣。回日本后，我津津有味地看着在马六甲买的几本书，也订购了以第二次世界大战前马六甲为背景的新加坡制电视剧《小娘惹》之DVD一套，等不及耽溺于共一千五百三十分钟的南洋世界了。

一五一一

马六甲历史区俗称富家街的荷兰街上，位于峇峇娘惹博物馆隔壁，有家餐厅整天供应西餐和娘惹菜，很受游客欢迎。它的字号是一五一一（照片7）。

我记得香港中环曾有个酒吧叫一九一一，兰桂坊则有个俱乐部叫一九九七。那两个数字，大家都知道是辛亥革命和香港回归中国的年份。但是一五一一呢？对我来说，到南洋旅游的乐趣之一，便是能够从跟平时不同的角度看世界历史。翻翻旅游指南书后面的年表，一五一一果然是马六甲王国被葡萄牙攻击而沦陷，西方人开始统治马六甲的那一年。

马六甲王国是从现在的印尼苏门答腊岛来的一名王子，一四〇〇年左右建立于此地的。一四〇五年，郑和也首次从

照片 7 位于马六甲历史区的 1511 餐厅，属于曾构成统治阶层一部分的峇峇娘惹家庭。

中国率领大舰队抵达马六甲，建设了有规模的贸易基地。马六甲位于南海和印度洋之间，每半年季风刮的方向逆转，对东西两方的贸易船来说，都是很方便的待风港。结果，一四〇〇年代的马六甲，既有从欧洲威尼斯、埃及亚历山大港来的贸易商，也有从中国、琉球来的船只，成为了当年世界屈指可数的繁华港口。据说，当年在马六甲街头能听到的语言类别竟达八十四种之多。

我们在东方，往往以为，西方文明一直比东方先进。但那是大错特错。在马六甲参观郑和文化馆和海洋博物馆，比较一下十五世纪的中国船舰模型和十六世纪的葡萄牙船舰模型，就能知道，明代中国的文明程度远远超过西方。所以，对东南亚地区来说，葡萄牙在马六甲的胜利，其实意味着对高度文明的破坏。到了十七世纪中叶，荷兰舰队攻击马六甲，从此支配了一百八十多年；然后，马六甲又成为英国海峡殖民地之一部分，直到太平洋战争爆发而日军登陆为止。

位于马六甲历史区的一五一一餐厅，其实属于峇峇娘惹博物馆。把百年豪宅作为博物馆公开于世的一族，既继承华人血统又继承当地马来人的血统。我估计，从他们的角度来看，作为中继贸易港口，多元文化繁荣的马六甲王国时代，才是最值得怀念的。在荷兰人严苛的统治下，峇峇被重用而封为甲必丹（编注：即Captain，为西班牙人统治马尼拉时期，对汉人领袖的称呼。）；到了英国时代，他们则主动派子女去英国留学，吸收了新统治者的语言和规矩。总之，一直迎合着时代需求生存下来，构成了统治阶层的一部分。第二次世界大战结束后，民族自决成了世界潮流，马来西亚也终于独立，开始建设以马来人为主的新国家。据说，不少峇峇娘惹，面临时代环境的大转变，早已离开马六甲而移民去了外国。

马六甲式沟通

马六甲历史区有条小巷叫庙街，在狭隘的马路两边鳞次栉比的是：马来西亚最古老的道家庙青云亭、马来西亚最古老的印度教庙、有两百多年历史的清真寺、佛教庙等等。多民族国家马来西亚，同时也是多宗教国家。在清真寺对面的荣茂茶室，听着念《古兰经》的声音，吃粤式点心，深刻感到多文化社会的丰富。

跟我们同坐一桌的当地华人先生们，跟我讲普通话，彼此说泉州话，另外能听到广东话等华语方言，至于马来西亚的官方语言马来语、殖民统治留下来的英语，自然也会听会说（照片 8）。我平时在日本，周围多数人只会说日语而已。对于在初中、高中学过的英语，大多数人都说：学过是学过，就是没学会，不会说。他们根本想象不到，世上有操着好几种语言过日子的马六甲华人。

马六甲社会在很多方面都让我大开眼界，其中之一是语言能力和沟通能力。说着六七种语言生活的人，不大可能每

照片 8 在马六甲庙街的荣茂茶室，跟会说多种语言的华裔先生们同坐一桌享用粤式点心。

种语言都说得百分之百流利。换句话说，每一种语言的能力，也许都在七七八八的水平。他们的优势，却在于无论对方说什么语言，马上能掌握重点在哪里，沟通上绝不出问题。

反过来看在岛国生活的日本人，总以为学外语意味着学繁杂的语法和复杂的单词拼写，以便通过升学考试。然而，始终想不到，学外语的终极目的就是沟通，而要跟别人沟通的话，无论在什么地方、什么场合，都得从微笑点头表示好意开始。哪里有板着脸，避开别人的视线，嘴里说着书本光碟上学来的句子而埋怨对方听不懂的？

日本岩波书店最近出版了一本书叫做《同坐一桌，还能不说话吗？——日中语言行动比较论》。作者井上优是娶了中国太太的日本语言学者，他从家庭生活中注意到的彼此之间的区别出发，讨论中国人和日本人在沟通方式上的不同。《同坐一桌，还能不说话吗？》这个标题是指：跟陌生人同坐一桌的时候，大多中国人觉得，若不说话怪不好意思，因而一定要搭话；相反的，日本人一般都觉得，对方也许不愿意说话，所以保持沉默较为礼貌。

马六甲荣茂茶室的华人先生们，虽然是第二代到第四代的移民，但仍然保持着中国人的规矩，主动叫我们坐下，然后就谈天说地了。这样的经验，对我家小朋友来说，是够充满异国情调的跨文化体验。我要孩子们至少学会向陌生人有礼貌地微笑的表情。

马六甲式沙嗲

沙嗲是众所周知的南洋菜：将鸡肉、牛肉、羊肉等切成小块，在综合调味料里腌渍以后，用竹签串起来，在炭火上烧烤，再把香喷喷的肉串蘸着既甜又辣的酱料吃。跟在北京吃到的新疆式羊肉串的区别在于甜辣的酱料。若说新疆羊肉串的基调是安息茴香味，构成沙嗲基调的则是花生酱味。

我生平第一次吃沙嗲是多年前在中国大陆留学的日子里，利用春节假期，北自大连南至深圳走了一趟沿海地区的时候。从杭州坐夜车到福州，然后换搭巴士，经泉州到了厦门，空气和风气都跟江浙地区很不一样。在南洋一般的阳光照射的海边，尝到的厦门炒米粉和几根沙嗲，给我留下了很深刻的印象。后来去台湾，知道源自沙嗲的沙茶酱是当地普及的调味料。每次去东马婆罗洲度假，我们也一定会吃几次鸡、牛、羊肉等的沙嗲。

这回去马六甲，老公好期待吃热腾腾的沙嗲喝冰镇啤酒。问题在于马来人信仰的伊斯兰教禁止喝酒。在马来西亚要喝啤酒，非得找华人开的商店不可。幸好马六甲历史区以华人为主，听说位于马六甲河口的新味香沙嗲屋是华人开的，不仅有啤酒而且有猪肉串。

从我们住宿的河畔之家饭店，向河口走路五分钟就到了新味香。还不到中午，可店里已经差不多坐满了客人。这一家供应的食品，只有老板在店前流汗烧烤的沙嗲。似是老板娘的中年妇女，双手抓着几十根烤好的沙嗲走在店里，看哪个桌子上的盘子已经空了，就把十根沙嗲放在盘子上。最后算账，就是数一数桌子上的竹签有多少根，好像不拘种类都是一根八毛马币。

老板娘送来的沙嗲，有鸡肉、猪肉，还有猪肝、猪大肠等内脏。我们一家大小恰巧向来偏爱内脏。大人喝着老虎牌啤酒，小孩则喝着种类丰富的果汁，慢慢吃沙嗲，不知为何，感觉时间过得很慢，换句话说很是悠闲。

平时忙碌的温带人，来热带度假，寻找的就是悠闲的感觉。马六甲的食肆，鸡饭店专门供应鸡饭，沙嗲店则专门供应沙嗲，好比永远在找零食吃似的。也很有道理，因为在长年炎热的热带，胃肠活动能力也受影响，吃大餐不很合适。反之，一会儿找鸡饭店坐下来，一会儿找沙嗲店坐下来，既能润嗓子也能填肚子，又能让全身休息，特别合适于热带生活。唯一的问题是，坐得太舒服了，不想站起来，更不想坐飞机回忙碌的温带去。

下一次旅行

喜欢旅游的人，一次旅游结束以后，马上开始计划下一次的旅游。我从马六甲回来，就开始想：下一次的旅游该去槟城好，还是去长崎好？想着想着，全身都充满起跟谈恋爱时一般的幸福感来，恐怕大脑分泌出令人兴奋的荷尔蒙了。

马来西亚第二大城市槟城，跟马六甲一起被列入世界文化遗产名单。曾经十八世纪到二十世纪，英国为了进口在欧洲爆红的中国产红茶，把位于马六甲海峡入口，海上丝绸之路上的槟城，建设成东方贸易基地。当时英国东印度公司建造的殖民地风格的楼房，以及华裔商人居住的店屋，至今都保留着，如果对东西交流历史或者老建筑感兴趣，这些颇有吸引力。南洋店屋门面很狭窄，但是一进里面就会发现：后面不仅有天井而且有好几个房间。整栋房子的深度，往往达五十米，若是富家的房子，达一百米的都并不少见。

至于长崎，是天主教早期在日本普及的中心地。一五四九年从马六甲抵达日本的耶稣会士圣方济各•沙勿略，在日本西南部展开传教活动。受过洗礼的当地诸侯大村纯忠，竟把长崎捐给了耶稣会。结果呢，长崎不仅盖了许多教堂、神学院等宗教设施，而且成为“南蛮贸易”的中心，享有“小罗马”的别名。

听说，长崎县正要申请当地天主教堂和有关设施被列入世界文化遗产。这么一来，也许要在旅客还没涌到新的文化遗产来之前，赶紧去长崎，在相对安静的环境里悠闲游览各景点了。

马六甲的启示

过去三十年在社会科学、文化研究的领域里，影响很大的思想家有《东方主义》的作者爱德华·萨义德以及《想象的共同体》的作者本尼迪克特·安德森。

萨义德是巴勒斯坦人，到美国去念书教书的，果然看问题的角度跟主流欧美人不同，深知在弱肉强食的世界，做政治、经济、文化上的弱者是什么滋味，结果推出来的《东方主义》这概念，叫西方知识分子大开眼界，并让东方读者拍手叫好。

至于安德森，则是爱尔兰籍的父亲在中国海关总税务司工作的时候生于云南昆明，后来长于美国加州，跟着到英国念剑桥大学，研究印度尼西亚政治史的。果然，与众不同的成长经历也让他拥有了与众不同的世界观。在《想象的共同体》里，他说：民族国家大体上是十八世纪以后，基于人们共同的想象而成立的，并不是自然就有的，而为了产生共同的想象，通过印刷媒体普及的共同语言是关键性的。他提出的理论对西方知识分子来讲充满着冲击力，可是带到东方来，就不一定站得住脚。尽管如此，一本书的出版就动摇大家以为老早就有的国家概念，还是让人觉得痛快过瘾。

也许有人觉得奇怪：一个印尼政治史的专家，怎么可能对全世界的国家概念有深刻的认识？这个问题，其实去一趟东南亚，就再清楚不过了。正如非洲大陆上的国境线是欧洲列强划的，而不是自然就有的，东南亚各国的成立，也在很大程度上是列强曾瓜分该地区权益导致的。

比方说，今日印度尼西亚和马来西亚，直到第二次世界大战，分别是荷兰和英国的殖民地。战后独立成两个国家，采用的国界也基本上反映当年荷兰和英国之间的协议。两者相比，印尼人对独立的渴望强于马来西亚人，因为荷兰统治比英国统治来得刻薄，而且为了镇压当地人起义，荷兰政府也迫使居民在境内搬迁，结果产生了相对同质的印尼人意识。反过来看马来西亚，战后几经周折，位于马来半岛和婆罗洲的旧英国殖民地，联合起来脱离英国统治的过程中，跟历史悠久的文莱王国保持距离，并跟华人占多的新加坡分开，一九六三年才成立了马来西亚。

不仅国家历史短，连地区历史都不长。直到第二次世界大战前，学术界没有“东南亚”的概念。位于印度和中国之间的大小岛屿，西方学者曾总称为“印度、中国周边区域”，也就是中国人所说的“南洋”。当世界大战结束，荷、英等列强退出后，尤其是一九六七年成立了东盟以后，世界上才出现了“东南亚”。正如，直到上世纪八〇年代牢固存在的“东欧”，九〇年代初忽然消灭，变成了捷克、斯洛伐克、匈牙利等中欧和罗马尼亚、保加利亚等巴尔干半岛一样，从前只有个别名称的海域上，半世纪前，用大号铅字新写了“东南亚”。

虽然看过安德森的《想象的共同体》，早已被启蒙过，可是去马来半岛上的世界文化遗产马六甲历史区旅行，我对世界地理的如上恣意发展，重新有了深刻的体会。怎么在热带城市里有这么多华人居民？他们说的汉语怎么这么流利？他们离开家乡已有百多年，跟老家联系都早已断绝，保持华夏文化到今时今日谈何容易？

我曾经在移民国家加拿大住过几年，目击了外国移民的第二代很快就被同化，保持家乡文化相当困难。反过来看东南亚华人，一来他们的人数不少，二来中国文化跟当地文化相比明显占优势，这些因素都对他们保持家乡文化有利。另外，在多种文化并存的环境里，自我认同非常重要。当被人问起：你是什么民族背景，来自何处，信仰什么宗教等等时，如果回答不上来，非得被对方并吞不可了。正如民族意识强烈的犹太人，无论在哪里住多长时间，都能够保持自己的文化一样，居住于马六甲的华裔也好、印裔也好、葡裔也好，代代都努力不忘本，结果导致多种文化和平共处的社会。真有趣。

平户：如爱的旅行

坐上开往佐世保的公车时，我心里很难过。好想留下来，好想再回来。这么一把年纪了，怎么事关旅行，感情还像当初的少女一样？一趟旅行犹如一场恋爱。既然邂逅过，永远会留在心中一角。

我向来觉得阅读如恋爱：之前不认识的一个人，通过文字突如其来溜进心里占据一个位置，之后长久成为人生的旅伴。我最近发觉：旅行有时也像恋爱。之前没去过的一个地方，通过一次旅行成为人生的一部分，之后再也忘不了。

对它的爱是从古昔的西洋地图上用罗马字写的地名开始的。在十六、十七世纪的欧洲人画的东亚地图上，与中国大陆隔海面对的岛屿，南边有 Ilha Formosa 即美丽岛台湾，北边则有 Firando 即日本平户。

平户岛位于九州长崎县西端，如今要从东京过去，就由羽田机场起飞，在县城长崎机场飞机降落以后，要么坐车要么坐船，非花上三个钟头到不了。可以说，在整个日本群岛中，平户是最难抵达的地方之一。然而，从古代到近代，这个岛屿却曾重复成为日本跟外国相交流的大舞台。

比方说，从公元七世纪到九世纪，大和朝廷派遣往唐朝长安之使节即“遣唐使”，由现今大阪湾坐船出发以后，穿过濑户内海到九州北部，终于离开日本领土，往中国大陆启航之前的最后一站就是平户岛。反之，他们要从中国大陆回到日本，进入祖国后的第一站又是平户岛。据说，以开创佛教真言宗闻名全日本的弘法大师空海，公元八〇四年由此地赴长安取经，回到日本后第一次举行了密宗仪式的地方，就是位于平户岛丘陵上，如今被称为西高野山的“最教寺”。为纪念史实，平户岛北端的田之浦海岸，至今屹立着全日本最大，竟有十六米高的弘法大师石像，隔海面向着他在学问上的故乡中国大陆。

又比方说，公元十三世纪，当元朝忽必烈要进攻东瀛，也就是日本历史上所谓的“元寇”发生的时候，平户岛也成了血腥武斗的现场。之后，从日本往朝鲜半岛、中国大陆要反击的“倭寇”中，显然都有当地武士。

说到日本跟西方国家的交流，一般都说是一五四三年葡萄牙人坐的船只漂流到现属于鹿儿岛县的种子岛开始的。该船的葡萄牙船员所携带的火器，对正处于战国时代的日本，影响确实颇大。不过，乘坐同一艘船，在葡人和日本人之间当了翻译的中国人五峰，真名叫做王直（？——一五五九），早三年即一五四〇年就开始出没位于平户岛西南方海上的五岛群岛，两年后则在平户领主松浦隆信的邀请下，以平户为根据地开始了跨国贸易。那是葡萄牙人被明代广东官吏允许在澳门居留（一五五七年）之前。总之，无论是十六世纪的南蛮（葡萄牙）人，还是十七世纪的红毛（荷兰）人，都在中国籍海商或海盗的引导下出现于日本领海，所谓海商和海盗之间，始终没有明确的区别。

比方说，郑成功的父亲郑芝龙（一六〇四—一六六一）。他是福建南安出生的帅哥，早年投靠在澳门从商的舅舅，在那块小欧洲学好葡萄牙语，受洗成天主教徒，据说还学会了弹西班牙吉他，不过那应该是他去西班牙统治下的马尼拉，当上华人领袖甲必丹李旦（？—一六二五）部下时的事情。看历史的来龙去脉，似乎是李旦继承了王直在东海上拥有的权益，而郑芝龙则继承了李旦的权益。恰如两位前辈，郑芝龙也在平户岛定居下来。不仅如此，他还娶了当地武士田川氏的女儿田川松，生下了后来的海上英雄郑成功（一六二四—一六六二）。

值得一提的是，自从十二世纪，平户岛一直由所谓“松浦党”即以松浦家为核心的武士团队支配，各时代的历史文物保留得相当好。所以，今天去平户，我们不光能看到松浦家历代掌门从政的城堡，曾相当于别墅、如今改为历史资料馆的“御馆”，而且能看到五峰王直和甲必丹李旦的故居标

照片9 位于长崎县平户市川内的鱼饼店，老板就叫福海勇治，该是福建讨海人的子孙吧？

志。至于郑成功的足迹，有位于平户市区南方六公里的川内，摆放着妈祖像、郑成功亲笔书法作品的“国姓爷纪念馆”以外，还有母亲田川松在沙滩上忽然感到阵痛而生下他时抓住的“儿诞石”石头、追悼他的郑成功庙等，好比他在东海、南海上称霸的十七世纪前叶是刚过去不久的年代一样。有趣的是，如今平户岛居民的姓氏中，仍有许多显然属于中国尤其福建血统的。例如，在国姓爷纪念馆和庙宇之间，有出售现做“蒲鉾”鱼饼的小商店，果然叫做“福海勇治商店”（照片9），不可能不是从福建勇敢过海来日本的华侨子孙吧？

圣方济各与潜伏天主教徒

马来半岛旧城马六甲的中心区，位于能眺望马六甲海峡的丘陵上，站着十六世纪的耶稣会传教士圣方济各·沙勿略之石像。他是耶稣会创办人之一，一五四九年在葡萄牙国王的庇护下来亚洲传教，在马六甲认识了一个日本人名叫弥次郎，对他的故乡兴致勃勃起来，决定要远赴日本传教去了。他们搭乘华人船只，抵达了弥次郎的故乡萨摩即现在的鹿儿岛县以后，沙勿略于翌年一五五〇年就前往平户岛，显然要收取葡萄牙商人给他带来的信件。如今从日本其他地方要去平户的交通很不方便；然而，当年的国际旅人要随着季节风航行，平户岛倒像是大自然造成的驿站。

不愧为遣唐使、倭寇、跨国海商前后留了足迹的地方，平户一向充满着开放的风气。只要对当地经济有益，当年领主松浦隆信（法名道可，一五二九—一五九九）就展开双臂欢迎外国人士的到来。沙勿略不仅把天主教传到平户来了，而且也带来了种种西洋奇货。当地至今都有显然受了葡萄牙影响的甜点叫做Casdous，乃给蛋糕片抹上了蛋黄汁后，浸泡于高温蜜糖中，最后撒上白糖制成。出售它的点心店“蔦屋”开创于一五〇二年，历来给平户领主松浦家供应甜点。

一五六二年，平户的佛教徒商人和葡萄牙籍船员之间发生纠纷，导致十四名葡人被杀害，葡萄牙船只从此不再来到平户，改去邻近的长崎港了。一时，平户失去了海外贸易带来的利益。可是，大自然赐予的良好条件却没有变。一六〇九年，欧洲新兴势力荷兰的商船开始来访。他们在平户城堡对面的海岸上建了给船只引路的灯塔、商品仓库，也挖了口水井，盖了围墙，以便在此地定居而持续地进行交易。那排仓库，据说是全日本头一批的西式建筑物。后来，德川幕府的第三代将军家光（一六〇四——六五一）下令叫荷兰人搬到长崎湾内修筑的出岛去（一六四一），平户的荷兰仓库则给拆掉了。幸好，将近四百年后，当地政府为振兴观光业，重建荷兰仓库成历史博物馆，展出荷兰人在平户留下的古物等。

德川家光施行了类似于中国明清两朝海禁的政策，取缔外来传教士在日本进行宗教活动，并且禁止日本国人信仰西教。他显然害怕天主教势力的扩大将导致日本陷入殖民地状态，也不奇怪，自从沙勿略来到日本，不到一世纪内，信徒人数竟多达六十五万人。信仰天主教（旧教）的葡萄牙人来亚洲，从一开始就是传教和贸易同时进行，因此被禁止传教后，贸易关系也只好取消。信仰基督教（新教）的荷兰人，则不介意专做买卖而不谈宗教，于是后来的两百多年，在所有西方国家中，唯独荷兰跟日本保持了贸易关系，所谓“兰学”成了日本吸收西方知识的唯一途径。

在十七世纪初的日本，长崎是天主教的中心，有许多教堂和神学院、孤儿院等，“日本罗马”的美名一点也不虚传。正因为如此，当幕府禁止天主教之际，长崎果然发生了一连串的宗教迫害和殉教事件。幕府方面，严厉要求每一个日本人都登记为佛教寺院的门徒。为证明原天主教徒真正放弃了西教信仰，还逼迫他们定期用脚踩住圣画：此政策称为“踏绘”。

在激烈到歇斯底里的压迫下，许多天主教徒放弃了信仰，然而有一部分人表面上装作是佛教徒，心底却保持了对上帝、耶稣、圣母的信仰。他们家里有乍看像观音菩萨的图画或者雕塑，实际上在后面或底下隐藏着十字架，这就是所谓的“马利亚观音”。他们聚在一起偷偷念了拉丁语的祈祷文。外人叫他们为“潜伏切支丹”。“切支丹（Kirishitan）”是葡萄牙语Crist o（天主教徒）的日本音译，“潜伏切支丹”则是“潜伏天主教徒”的意思。在平户岛西岸，以及邻近的生月岛等地方，曾有好几个“潜伏切支丹”村庄，居民们在没有神父也没有教堂的情况下，世世代代保持了两百余年天主教信仰。一八六八年的明治维新前后，西方人开始重新涌入日本，其中就有天主教的传教士。潜伏了两百多年的日本天主教徒圈子里，历来口传“七代后神父再来”，这回他们纷纷到西方神父那儿告白对圣母的信仰，乃天主教历史上很著名的“发现信徒事件”。

平户之旅

二〇一四年四月初，我和老公、女儿共三个人，从东京羽田机场起飞，不到两个钟头就抵达了长崎。小巧可爱的长崎机场位于大村湾边，通过干净的玻璃窗就看得见蓝色海水反射着日光的美丽景色。我们打算坐高速船，穿过大村湾去

照片 10（左上） 长崎飞机场的餐厅，五岛乌龙面。
照片 11（左下） 现炸的鱼饼都很好吃。
照片 12（右） 未料还有当地做的韩式马格利酒。

以荷兰为主题的度假型游乐园“豪斯登堡”。但是，离高速船出发时间还有一个钟头，于是我们先到机场大楼里的餐厅吃午饭。虽说是日本餐厅，供应的菜式却跟东京很不同。比方说，我订的五岛乌龙面，面条本身的形状犹如云南的过桥米线一般溜圆，既韧又不硬的口感亦很独特，汤水都不是东京面馆那样的柴鱼味，而是用小飞鱼干提的，滋味特别纯（照片 10）。老公点的“蒲鉾”则是现场油炸的几种鱼饼，在东京算是高级美食了，在这儿只收六百日圆，让人觉得非常划算（照片 11）。至于当地产的马格利酒，显然是学了韩国浊米酒。也不奇怪，长崎跟韩国济州岛之间只有一衣带水而已（照片 12）。总之，一个一个都很特别，好可口，何况窗外的海景那么漂亮。还没真正抵达之前，我们早就确信这次旅行的目的地选对了。

一九九二年开张的“豪斯登堡”，是荷兰语“森林之家”的意思，乃全日本营业面积最大的主题公园。从其前身“长崎荷兰村”继承了基本概念，在模仿荷兰街区的场地上，分布着各种游乐设施、商店、餐厅。十七世纪前叶，德川幕府采取“锁国”海禁政策，禁止外国人居住日本，唯一的例外在长崎市内，给荷兰东印度公司职员居住的“出岛”和给中国籍商人居住的“唐人屋敷”。也就是说，长崎“出岛”是从十七世纪到十九世纪，日本人接触西方文化的唯一窗口。凡是日本人个个都在小学、中学的历史教科书上学过这段历史，因而对“长崎荷兰村”的概念容易接受。跟一九九四年在三重县开张的志摩西班牙村、二〇〇一年在千叶县开张的东京德国村比较，在历史根据方面有一日之长。

从长崎机场到“豪斯登堡”是坐高速船一个小时的旅程。纵贯深蓝透明的大村湾，轮船直接停泊在主题公园南端的码头（照片 13）。适逢日本各级学校的春假，但这天是工作日的缘故吧，园内游客不算很多。跟通年拥挤的东京迪士尼乐

照片 13 从机场坐一个小时的高速船便抵达“豪斯登堡”。

照片 14 作者在 JR“豪斯登堡”站月台上。

园不同，在这儿要坐摩天轮也好，要参观鬼屋也好，都不必排队等候。在广大的场地里，骑着协力车说笑的，显然很多是外公、外婆和外孙女的组合，该是订了公园附设的度假式饭店内能够三代同住的大单位。可见，由“豪斯登堡”方面看来，理想的服务对象是：在先生们忙于工作的时候，太太带正放假闲着的孩子出来，跟娘家父母一起旅游玩乐两三天，并且费用由生活宽裕的老人家负担。

这儿主要是伺候小朋友的地方，园内到处有快餐店和卖冰淇淋的柜台，反之正规点的餐馆就相对很少了。好在阿姆斯特丹广场边，有一家半露天的欧式咖啡厅，翻开菜单看一看，果然供应烤全鸡、荷兰式奶油红海贝、蒜头奶油面包、起泡的白葡萄酒等。傍晚时分，恰好正开始了来自匈牙利的吉卜赛音乐三人组演奏。四月初的日本，天黑以后还有点冷。

在半户外的位子上，用餐馆借来的毛毯和火炉取暖，边欣赏现场音乐边吃喝简单却相当道地的欧洲风味，感觉比印象里的主题公园略高一等，不亦乐乎。

日本最西的火车站

“豪斯登堡”不仅是主题公园的名称，而且是长崎县的一个镇名，再说也是JR（现Japan Railways，原日本国有铁道）的站名（照片14）。从这儿坐二十分钟的火车，就到港口城市佐世保了。此地为小说家村上龙的故乡，有美国海军基地，近年又以巨大到美国标准的“佐世保汉堡”闻名全日本。

我们在佐世保站下了火车，就看到同一个月台前方有人摇手大喊：“你们要上车吗？”原来，通往平户的松浦铁道月台位于JR月台的前方，由于每个小时上行下行都只有一班车而已，等到JR的乘客全下车，并且确认要换车的人都上了车以后才出发的。不过，正在等候的不是我们要上的往伊万里的车，要往反方向佐佐去的。看看松浦铁道的路线图，伊万里、有田等全日本著名的瓷器产地多在此沿线。果然是十六世纪末，丰臣秀吉攻打朝鲜前后七年，带回来的战争俘虏开创了日本瓷器业的。适逢明末清初，大陆的战乱影响到景德镇产品往欧洲市场出口，使新兴日本瓷器有机会卖到欧洲。外人倾向于把涉外历史想象为浪漫故事，实际上，涉外历史的主要内容往往就是侵略和抢夺。我都得自戒。

照片 15 松浦铁路田平平户口站是全日本最西边的火车站，兼设着铁道资料馆。

从佐世保到平户，坐火车或者坐公车，都是一个半小时的路程。我们决定去程坐火车，因为除了冲绳县那霸市的单轨电车以外，松浦铁道的田平平户口车站，位于东经三十三度二十一分，就是日本国内最西边的火车站（照片 15）。再说，据网络消息，火车站有出租自行车，可以骑到正申请登记为世界文化遗产的田平天主堂去。

利用等车时间，我和女儿下手扶梯去JR车站大厅逛商店。有家商店出售现场油炸贩卖的“蒲鉾”鱼饼，乃跟早一天老公在长崎机场餐厅吃到的同属一类。这种食品，在东京叫做“萨摩扬”，在台湾似乎叫做“甜不辣”。东京也有叫“蒲鉾”的食品，可那是呈半圆筒形，把鱼浆盛在长方形木片上后蒸熟而制的。有趣的是，佐世保火车站的“蒲鉾”商店都出售刚做好的热呼呼的“ハトシ（hatoshi）”。日本出版有关长崎的旅游指南书，本本都介绍这种当地风味，但是没有一本解释说“ハトシ”这个词究竟是什么意思。我呢，一听就知道了这是“虾多士”的广东发音，而买来尝尝的结果，没错，就是把虾肉用面包片卷起来后油炸的港式点心。

平日上午的松浦铁道乘客，很多是附近的中学生。因为是假期，他们不用上课，估计去学校参加球队训练什么的。大多都穿着球队统一的运动服，背后绣着校名，个个都戴着耳机在听着不知是什么的音乐。以前，城里和乡下，年轻人的服装发型是不一样的。如今因为有了网络和宅配服务，乡下的年轻人在外表上跟城里的同代人几乎没有了分别。

通过车窗看外边，这里是山区，很多房子都建在斜面上，田地都呈梯子状。四月二日。我们前一天离开东京的时候，樱花还没有盛开，可是在九州长崎，春天来得早，樱花已在随风凋谢。

松浦铁道本来是JR九州的一条路线，一九八八年才改成公民合营，该是长期亏本所致。不过，看更早期的历史，它最初是十九世纪末，为了把有田烧瓷器送到伊万里港向国外出口，特地建设的伊万里线，被当年国铁并吞的。列车停止的时候，我观察车站：很多站房是早已破旧的木造建筑，而且没有铁路人员值班。所以，乘客得下车前直接付钱给驾驶员，好比坐公车一样。

乘坐乡下铁路，感觉颇为悠然。到了田平平户口车站下车的时候，我的心情和动作也变得慢条斯理了。谁料到，当我问铁路人员，哪里有出租自行车之际，她就指一指在我前边的年轻人说：刚刚这位租了一辆，现在只剩下两辆了，因为总共才三辆。可我们是三个人一行，而且女儿都已经十二岁，有跟大人差不多的体格了，不能像四年前去高雄旗津时那样，跟她爸爸同骑一辆车。现在，不能租单车了，但走路去田平天主堂嫌太远。可怎么办？

我们决定先走到平户大桥边的濑户市场吃午饭去。说不定肚子吃饱了会有好想法。

平户大桥是跨过平户海峡的红色吊桥，有六百六十五米长。一九七七年开通以后，才能够从九州岛西端的田平坐车或走路到平户岛去，之前只能搭船过去。桥下的平户海峡有三点五公里长，有五百米宽，虽然很狭窄，但是水流特别快，过去常发生海难事故。我事先在网络上调查好，平户大桥的田平一端有出售生鲜食品的濑户市场，在二楼餐厅可尝到当地海鲜。果然，我们点的刺身定食有鲔鱼肥肉片、天然平鱼片、鲷鱼片，以及蝾螺片，既丰富又新鲜，慷慨的分量教旅人感激（照片 16）。女儿要的平户特产柑橘类夏香的果汁也很香。

照片16 平户大桥边濑户市场二楼的餐厅以廉价供应新鲜海产定食。日语“濑户”是海峡的意思，当地人称桥下的急流为“平户濑户”。

加上窗户外能眺望以蓝色海峡为背景的红色大桥，太美丽了，太理想了。

肚子饱了，心情好了点，但是走回车站，还是只有两辆自行车可租。没办法，只好坐计程车去了，虽然活动自由受限制。我问停在车站前边的曼波鱼计程车行的司机：载三个人和三个小皮箱，去田平天主堂参观以后，再到公车总站要多少钱？他说：大概两千五吧。一个小时后，我们下车时，他却只要了一千六而已。乡下日本人老实得不得了。

潜伏者的教堂

从日本最西边的田平火车站，坐计程车出发，约十分钟

照片 17　“潜伏切支丹”的子孙们，两百年后为成全祖先的信仰而建设的田平天主堂。

以后抵达了田平天主堂（照片 17）。一路上都是农地和山林，连一个行人都看不到，偶尔在树林那边看到海水反射着阳光。在如此偏僻的地方，却屹立着一九一八年竣工的红砖头泰西建筑，乃日本政府指定的“重要文化财”（重要文物）。建筑师铁川与助，一八七九年在平户西南方的五岛群岛中通岛出生。他本人一辈子都是佛教徒，而且只念到小学高等科为止，十五岁就跟随木匠父亲，二十岁在外来神父的指导下边念几何学边盖天主教堂，因为设计象征天堂的蝙蝠形天花板需要几何学计算。就那样，他一辈子盖了五十多座教堂，晚年把事业让给儿子，一九七六年去世，享年九十七岁。

一个没有看过西洋建筑的日本乡下人，完成了一栋又一栋华丽如梦的天主教堂，这也可说是另一宗奇迹吧。当然，虔敬热情的信徒们不分男女老少都出了钱，出了力的。在田平天主堂的建设过程中，为了涂平砖头和砖头之间的接缝，用了烧贝壳得来的石灰，而烧贝壳的劳动又由信徒们自己夜以继日轮流地进行（照片 18）。毕竟，他们要替两百多年前被迫弃教非得潜伏的祖先成全信仰。田平天主堂早期的信徒们是潜伏者的子孙，回到圣母的怀抱后，还继续受广大社会的歧视。于是外籍神父带领他们，一八八六年集体从外岛移居到田平来，开垦土地从事农业，三十二年后，终于完成了属于自己的教堂。附设的“天使的钟”是从法国进口的，一九九八年庆祝竣工八十周年之际，又从意大利进口了描绘《圣经》中故事的彩色玻璃。在这儿，苦难的历史和华丽的

照片 18 涂平砖头之间的接缝用的石灰是信徒们自己烧贝壳得来的。

建筑呈现夏天下雪一般不可置信的对比。

长崎县的人口有一百三十多万，占全日本的百分之一而已。但是，全日本共一千零二十座教堂中，将近一百三十座就在长崎。也就是说，长崎县的教堂集中率有日本全国的十倍。在长崎县里，平户市的人口只占百分之二点三，但是教堂数量则达百分之八。换句话说，平户市的教堂集中率有长崎县的平均三点五倍，全日本的三十五倍。田平天主堂前边站着圣母像。我后来访问的其他教堂都有圣母像。“潜伏切支丹”们私下保持了对“马利亚观音”的崇拜，人们显然最渴望慈悲的母性。

旗松亭饭店

人口才三万多的小镇平户市倒有几家大饭店。毕竟，这儿有温泉、海景、丰富的历史故事，以及海鲜和平户牛等美食，长年来吸引许多游客并不奇怪。我事前在网络上订好了旗松亭饭店的和式房间，因为在地图上看来，这一家最接近位于市中心的平户公车站，而且脱离日本饭店的常规推出“一泊朝食付”，即只含早餐，不含晚餐的方案；我们与其晚上在饭店吃百年如一日的套餐，宁愿逛街找当地风味。

后来得知，旗松亭是一九六九年长崎县主办国民体育大会的时候，为了迎接来平户参观相扑比赛的昭和天皇和皇后而创办的。之后，包括现任的明仁天皇和美智子皇后以及德仁皇太子在内，几个皇族成员都下榻过，连荷兰的威廉·亚历山大国王来日本访问时也住了这家饭店。

平户跟日本国技相扑显然有不浅的因缘。江户时代曾有体格突出的大力士叫做生月鲸太左卫门（一八二七——一八五〇）。他身高二百二十七厘米，体重一百六十九公斤，因为生于邻近平户的生月岛，即当时全日本捕鲸业最繁荣的地方，所以有了个艺名叫生月鲸太左卫门。他在江户当职业力士的时候，松浦家第三十五代掌门松浦熙，就让他住松浦家在江户的菩提寺天祥寺二楼。据传说，当他二十四岁去世之际，人们还特地拆开屋顶以便把尸体搬出去。如今在旧平户城堡境内有半露天的市营相扑场，上面挂着类似于东京两国国技馆内的人字形屋顶，在其他地方是很少见到的。那儿该是昭和天皇皇后观看比赛的地方。

平户是小镇，市内公共交通不大方便，我从平户大桥东边的巴士总站打电话到饭店，请人派汽车来接我们。很快，一辆小车出现在我们面前，十分钟后就抵达了饭店。原来，平户的平地非常少，跟海岸线平行的道路只有两条窄路而已，第三条已非得修在斜面上，需要爬上去了。旗松亭饭店位于半山，虽然路程不长，但是如果没有汽车接送的话，自己拉皮箱上去会相当辛苦。不过，选择这家饭店还是对的：从房间里就能眺望到平户港口和位于对面山上的城堡，以及在右

照片19 天主教耶稣会创办人之一圣方济各·沙勿略，至今东亚各国还有很多座冠他名字的教堂，包括日本平户的这一座。

边高处的圣方济各纪念教堂（照片19）和左边稍远处的红色大桥。这样的景色，评一评，可以给一百分了。

饭店的名字取自原先位在此地的松浦家茶室旗松亭。松浦家第二十九代掌门镇信（法名天祥）开创了武家茶道镇信流，之后的掌门代代都继承了这一派茶道。宠爱大力士的第三十五代松浦熙，对茶席上享用的甜点也颇有研究，一八四一年就下令叫平户城内的老字号点心铺蔦屋和境屋开发出总共一百种甜点来，六年后终于完成的彩色画卷《百果之图》，至今保存在松浦史料博物馆。原松浦家别墅改成的博物馆，院子里有闲云亭茶室，游客能够边品抹茶边尝根据《百果之图》复原的甜点“鸟羽玉”等。明治维新以后，新政府取消幕藩制度，旧藩主都被迫下了台。当时在任的第三十七代掌门松浦诠（法名心月）决定从此以茶道为家业，在新首都东京专门为教育贵族子女开设的学习院给皇族女子教授镇信流。现在，由第四十一代掌门松浦章（一九四一— ）当宗家，镇信流被誉为至今少数流传下来的武家茶道之一。

我本来是被圣方济各、郑成功引路到平户来的。未料，这个地方的历史实在很丰富，尤其是松浦家历代掌门几乎个个都有强烈迷人的个性。

例如，第二十五代松浦隆信（道可）叫明人王直定居平户，也欢迎葡萄牙船只来访，为的是促进海外贸易；第二十八代松浦隆信（宗阳）则让荷兰人、英国人前后在平户开设商馆；第二十九代松浦镇信（天祥）开创了武家茶道镇信流；第三十四代松浦清（静山）名气最大，享有“学艺大名（诸侯）”的别名，收集了日本、中国、朝鲜、荷兰的书籍总共一万七千多本，尤其对荷兰文化很是倾倒，于是另有“兰癖大名”的外号。他退休后花上二十年时间亲自撰写的随笔集《甲子夜话》，正篇有一百卷，续篇有一百卷，三篇有七十八卷，被视为研究江户时代社会史不可缺少的第一手资料。静山也为了保管自己收藏的种种宝物，在平户城堡里建设了相当于今日博物馆的乐岁堂。再说，他总共有三十三个子女，个个都跟日本各地的名流成家，明治天皇的生母中山庆子是他外孙女，难怪他也有“子宝大名”的别名。松浦家人怎么这么多姿多采呢！

荷兰东印度公司商馆

游客的心理是很矛盾的。到了古迹，想要看看历史的证据。然而，实际上，古物往往已散失，复不复原就成了问题。如果复原得不够真，给人以观光化、商业化的印象，难免会被埋怨说：又是一个历史主题公园！

平户有的是历史故事。例如，一五五〇年，被葡萄牙国王派遣来亚洲的耶稣会士圣方济各·沙勿略就到此地传教，使一百名当地人成为天主教徒。虽然他在日本待的时间只有两年多而已，但是其他传教士继续活动，到了一五七〇年，平户的天主教徒就多达五千人，天主教堂则有十四座了。一六〇九年，松浦家第二十八代掌门隆信（宗阳）获得德川幕府的认可，在平户港口让荷兰人开设了商馆，乃日本历史上头一批的西洋建筑。可是，新旧西教后来都被幕府严厉禁止了两百多年，不仅是天主堂、十字架，连刻有公元年份的西洋商馆都不放过被拆掉，荷兰人一六四一年全部被迫迁移去长崎市内的出岛。所以，如果在十九世纪甚至二十世纪初，有旅人来平户，他们所看到的西洋人足迹没有多少。似乎只有不大像日本建筑的“阿兰陀塀（荷兰围墙）”“阿兰陀川（荷兰水井）”而已。

幸亏，十七世纪来日本的西方人中，不仅有人留下了文字记录，也有人留下了地图和绘画，让后人想象原样，也按照图画去复原那埋没于历史波涛中的荷兰东印度公司驻平户办事处。一九二二年，平户荷兰商馆旧址被日本政府指定为史迹，过了半个世纪，一九八七年开始了考古学的发掘调查，使得原先只有文献资料的商馆建筑，逐渐具备物质的根据。二〇〇〇年，为纪念日荷通商四百周年，平户市跟荷兰官方共同举行了各种交流项目，进一步使复原商馆的气运高涨。

荷兰东印度公司商馆在平户的历史，从一六〇九年到四一年，曾前后有三十三年，一时占了该公司全东亚营业额的七成。平户商馆的房屋，最初是租下当地原有的一栋房子，后来进行过几次建设工程，其中一六三九年完成的西式仓库最为宏伟。然而，好事多磨，仓库的外墙上，在荷兰东印度公司徽志左右刻画了竣工公元年份“1639”，被德川幕府派来的监督官指出有“推广基督教的嫌疑”，结果受到全盘破坏的命令。商馆人员则得搬去长崎市内类似于监狱的出岛了。据商馆日志的记载，一六四一年十月二十四日，荷兰人坐的船只往长崎出发的时候，许多平户人坐私家小船出来在海上送行，直到港口外一英里之处。可见，三十余年的来往，在平户民众和荷兰人之间培养了超越国籍和文化的情谊。

照片20 2011年复原完成的荷兰东印度公司商品仓库。曾在1600年代是全日本最早的西式建筑；现在里面展览有关历史资料，包括当年的航海地图等。

二十一世纪的平户市，决定利用日本政府为人口稀少的地区拨出的特别经费，要复原荷兰商馆仓库被破坏之前一六四〇年十月的状态。二〇一一年九月，复原工程完毕，不仅外观仿佛十七世纪荷兰书籍里的插图，而且详细参照了商馆日志和会计记录等文献的结果，建筑结构和尺寸都跟当年一样（照片20）。复原计划由平户市政府主导，本来没有资金再购入史料的。后来，松浦史料博物馆同意借出馆藏的贵重史料。所以，今天去复原后的平户荷兰商馆，游客不仅能参观跟四百年前一样的荷兰式石造仓库，而且还能看到反映出当年日荷关系的种种展品。比方说，荷兰人航海用的地图、地球仪、德川家康发布的“朱印证”即盖有图章的贸易许可证，以及被放逐去了现印尼雅加达的日荷混血女子寄来的所谓“雅加达文”信件原物。

原来，德川幕府不仅下令拆掉刚修建好的仓库，而且放逐了有荷兰血统的孩子们和他们的日本籍母亲。根据《平户商馆长日记》的记载，那是一六三九年十月三十一日的事情。“雅加达文”是她们到荷兰东印度公司的根据地雅加达落户以后，用墨水写在南洋特产的蜡染花布上，跟货物一起寄到老家平户来的家信，用潦草的日文字写着：“多么想念，怀念日本，当初还以为是短暂的旅行，后来得知再也不能回故乡去了，心情好痛苦，哭个不停，眼睛都几乎瞎了，连这是做梦还是现实都不知道了。”可见，不分古今中外，政治风暴的受害者总是平民老百姓，尤其是无力的女子。

这么一来，本来只有外观的荷兰商馆，一下子内容都充实起来了。看到商馆里展览的贵重史料上一个一个都写着“松浦史料博物馆藏”的文字，我忍不住赶紧跑去那里看了。博物馆所在的建筑本来是松浦家第三十七代掌门诠（心月）一八九三年建设的“鹤峰宅邸”，至今收藏着松浦家世代相传的种种宝物。

松浦史料博物馆

游客的心理是很矛盾的。在全新到几乎发光的荷兰商馆看到贵重史料的时候，恨不得马上去本来藏有那些宝物的博物馆。然而，走上几十级石阶到了已有一百二十年历史的木造日本房子，在门外脱鞋开始参观之际，心中难免有点沉重

照片21 松浦史料博物馆位于原松浦家宅邸，所藏史料共有三万多件，包括细密图如《台湾船图》。

（照片21）。恐怕是跟纯白、干净，保证光线足够的新式博物馆不同，真正古老的建筑物里，似乎一切都显得暗淡，教人不能不意识到万物枯荣盛衰的缘故吧。

松浦史料博物馆是第二次世界大战以后的一九五五年，松浦家第三十九代掌门升，把宅邸和祖先传下来的文物捐出而成立的。如今房子本身就被指定为国家级文物，所藏史料共有三万件，展览中的史料则约有三百件：十六世纪日本武士穿的铠甲、十七世纪荷兰出版的书籍、当年来平户的外国船之细密图包括《台湾船图》、十八世纪从平户去江户的路程画卷、十九世纪当地出生的大力士留下的巨大足印、学艺兼兰癖兼“子宝大名”松浦清（静山）亲笔写画的《甲子夜话》书稿以及插图、曾属于代代公主的“雏人形”偶人等等，一件一件都是值得花上充分的时间仔细鉴赏的宝物，实在数不清，永远看不完。

难得的是这些宝物都是几百年来居住此地的松浦家人亲自收藏的，换句话说，直接反映了平户人经历过的丰富历史，跟一般博物馆从各地搜求史料有根本性的区别。所以，尽管是小地方的小博物馆，颇受行家重视，每年都有日本国内和海外的研究机关派人来参阅，或者借出史料办展览去。院子里还附设礼品店、闲云亭茶室、眺望亭西式简餐馆。如果时间允许的话，我真想在这儿逗留几天，慢慢鉴赏展品，沉浸在历史氛围中。

博物馆的展览品中有几幅松浦家人的肖像。其中有松东院（一五七五—一六五七），即第二十七代掌门松浦久信之妻子，第二十八代掌门松浦隆信（宗阳）母亲的肖像挂轴。她在日本历史上以天主教的洗礼名Mencia（门西亚）被记住。松东院生为日本第一名信仰天主教的诸侯大村纯忠之五女，小时候就受了洗礼。从一五五〇年起葡萄牙船只定期来平户做贸易，一五六二年船员和当地的佛教徒商人之间发生冲突，导致十四名葡萄牙人丧命。结果，葡萄牙船只再也不来平户了。那时候，邻近版图的诸侯大村纯忠，即松东院父亲，不仅给葡萄牙船只前后开放了横濑和长崎两个港口，而且自己和家臣都成为教徒，一时大村藩的天主教徒多达六万人。看来大村纯忠真的走火入魔，竟把整个长崎捐赠给耶稣会为教会领地；市内八十座教堂林立，被誉为“日本罗马”。这就意味着，天主教在长崎的势头超过了日本权力者能容忍的地步。

松东院嫁到平户的翌年一五八七年，当时全日本权力最大的丰臣秀吉就发布了传教士放逐令。松浦史料博物馆至今收藏着那封文件，写道：“日本历来是神国，天主教传教士却随意培养信徒，破坏了许多神社寺院，因此得在二十天内离开日本。”一五九一年，松东院生下日后的第二十八代掌门松浦隆信（宗阳），并叫他受了洗礼。还在世的公公松浦镇信（法印）对天主教很反感，一五九九年就把六百名天主教徒从平户放逐出去了。在邻近的长崎，这时候大村纯忠已经去世，他的长子即松东院的哥哥大村喜前则放弃信仰，公开成为了佛教徒，并且开始迫害天主教徒。一六一四年，德川幕府发布禁教令，松东院的儿子隆信（宗阳）也果然放弃信仰，导致平户发生一连串的血腥殉教事件。对当地天主教徒而言，松东院是最后的依靠，犹如他们心目中的圣母马利亚。一六三〇年，幕府把她监禁在江户市内的净土宗广德寺，直到二十七年后，八十二岁去世为止。她是松浦家众人中，唯一终生保持着信仰的天主教徒。

难得的是，整个禁教时代，松浦家也一直保管着松东院门西亚的肖像。这该是亲情以及有别于政治的文化使命感所致。松浦清（静山）享有“学艺大名”的外号果然名不虚传。

我越来越被平户和松浦家所吸引。他们的历史这么丰富，一代一代的故事又这么动人。

国际历史之路

从松浦史料博物馆出来，往平户港的一条坡道，叫做“历史之路”，站着六位跟当地渊源不浅的历史人物之青铜像。首先是松浦家第二十五代掌门隆信（道可），就是他当初欢迎各门路的外国人到来，使平户发展成国际城市，享有“西京”之别名的。其次则是王直，据说出生安徽省，早年做过盐商，后来下海，从马六甲到日本的大海域上称霸，一五四二年在松浦隆信的邀请下，于平户白狐山上修建豪华的中国式房子定居，天天穿着绸缎衣裳，指挥两千名部下。第三位是把天主教传播到日本的第一位传教士圣方济各·沙勿略。第四位是英国人三浦按针，乃一六〇〇年漂流到日本的荷兰船员，当上德川家康的外交顾问，被赐予日本姓名和江户附近三浦半岛的领地；为了在日本开设英国商馆出力，一直到最后都未能回国，死在平户。第五位和第六位则分别为平户荷兰商馆和英国商馆的第一代馆长。

平户既是历史城市，又是国际城市。或者说，平户的历史就是国际交流的历史。从历史之路往南，走过了充满南洋气氛的大苏铁树，前方高处看得到一九三一年建设的平户天主教堂，亦称圣方济各·沙勿略纪念教堂。从那儿走下坡，

照片 22 明代徽商王直在平户盖巨大的中国式房子住下来，指挥了两千多名部下。他的故居一时也改建为全日本最美丽的天主教堂。

经过给放逐去雅加达的荷兰商馆馆长之混血女儿（Cornelia van Nijenroode，一六二九——六九二）为在平户去世的父亲盖的供养塔，就到了王直故居（照片 22），再下来便是英国商馆旧址了。东京等大部分日本城市，都受过地震、火灾以及战争的破坏，不仅木造房子烧毁，往往从前的土地区划也消失了。平户则很特别，几百年前的区划仍旧保留下来，只是不同时代由不同人居住而已，结果造成了千层糕一般迷人的历史断面。比方说，王直故居，乃本来松浦隆信（道可）自己住过的白狐山城，而后让给王直前后住了十五年，当他回中国被捕以后，又为了找回迁去了长崎的葡萄牙人，一时也盖过圣母教堂或称天门寺，有人说是当时在全日本最美丽的教堂，但是在德川幕府的禁教政策下，最后还是非得拆掉不可，经过了几次转变，如今是日本神道其中一派金光教的教会了。这样的变迁只能说像历史万花筒。

在平户，历史成层，地也成层。走到平地，前方有三浦按针曾住过的英国商馆旧址，以及一五〇二年创业的甜点店蔦屋的茶寮，可以坐下来尝尝松浦家掌门开创的镇信流茶席上用的精致甜点。这些甜点，曾被“御留置”即禁止带出平户之外，恐怕是明显受了天主教葡萄牙文化之影响，怕惹怒德川幕府的缘故。据说，最初耶稣会士来日本传教的时候，赠送玻璃瓶装的星星形糖果粒，成功地获得了织田信长等掌权者的欢心。

平户牛

平户因为是历史上日本跟外国交流的舞台，许多新奇的事物，都从这里进入了日本。比方说，西式面包，是一五五〇年葡萄牙船员传过来的。南美原产的烟草，则是一六〇一年西班牙籍传教士带来，作为礼物送给了当年全国权力最大的德川家康。又比如说油漆，是一六〇九年修建荷兰商馆的时候，用来涂装外墙，使之前只看过本色木料房子的日本人大惊小怪的。或者说到啤酒，乃一六一三年英国籍船舶航进平户港的时候，船员们带着上陆的。又或者番薯，是一六一五年英国出生的航海家三浦按针去东南亚做贸易的旅途上，在琉球获得，送给了驻平户的英国商馆馆长；他后来在郑成功的出生地平户千里滨附近种植番薯，树立了又一个日本第一次的纪录。还有关于西医的知识，也是西方船员具备的知识经过平户传播到日本各地的。抑或关于佛教的知识譬如禅宗和中国原产的植物，是日本僧人荣西赴宋代中国学习，在回到日本的第一站平户停留了几个星期的时候，以富春庵为据点向当地民众传教，并把中国茶的种子播在后院里栽培，也向众人教授了制茶的技术和喝茶的艺术。

如今闻名世界的日本产黑毛和牛，也有人说是发源于平户的。由考古学家于公元前的遗迹里发掘出牛骨、牛牙齿等。到了十三世纪，有本书叫做《国牛十图》，介绍日本十个地方出产的名牛。其中写道："御厨牛（即平户牛）本来是献给朝廷和神仙的贡牛。"平户地区历来以盛产牛马和海鲜为名。讨论松浦家家世的文献里都说，最初是公元十一世纪中给派去当"御厨"即管辖大宰府（位于现今福冈县）伙食的官职。也有传说道：从中世纪到近世纪，有朝鲜牛经离岛传入平户，成为了今日和牛的始祖。十七世纪初在平户建商馆定居的荷兰人，也因为吃牛肉、喝牛奶，带来了西洋种类的牛，并且在邻近的横岛开设牧场养殖牛，结果跟当地原有的牛杂交，产生了肉质优良的平户牛。

总之，平户产牛肉大名鼎鼎。雁屋哲原作的著名美食漫画《美味大挑战》将其形容为"梦幻的平户牛"，一个原因是产量不多，目前只有八户畜牧业者养育着一千三百头而已，每年在市场上流通的总共才六百头。所以，非得去当地，否则是很难吃到的。

日本人吃牛肉的菜式，主要是寿喜烧、涮涮锅以及韩式烤肉，其中烤肉最合适于想要边吃食边喝酒的我们一族。根据事前调查，平户市内有两家烤肉店：一家叫烧肉铃，另一家则叫烧肉市山。工作日的平户市内，到了黄昏时间，行人不多，营业中的食肆也寥寥无几，估计大多游客都在饭店里吃“一泊二食”方案所包括的定食吧。我们逛着街走到了烧肉铃，然而这天休业不开门。只好走到位于镜川边的烧肉市山，幸好这一家在营业中。

烧肉市山是精肉店开设的餐馆，在当地算是高级食肆。果然，不到六点钟，大多位子已客满。有年轻男女约会，有一家三代同堂庆祝喜事，大家都吃得很开心的样子。肥瘦混合的和牛肉呈粉红色，烤来吃觉得不怎么肥。日本人觉得：因为材料本身是顶级的，所以不需要加太多调味料，撒点盐和胡椒，蘸点糖和酱油便够了。不过，外国人也许会有不同的意见：既然去餐厅，自然期待专业的烹饪术。我们到平户，吃了一顿烧肉晚餐，心满意足地走回饭店去，跟着要好好泡温泉做甜梦了。

生月岛的“切支丹”

平户岛形状细长，南北有三十二公里长，东西有十公里宽。从北端的田浦到南端的宫浦，大多是弯弯曲曲的山中小路，总距离达四十五公里，开车纵贯需要一个小时。东边隔着“平户濑户”即狭窄的海峡面对着九州岛，连接两边的平户大桥一九七七年开通。西边则隔着“生月濑户”面对着生月岛，连接两边的生月大桥一九九一年开通。也就是说，直到一九九一年，从平户岛去生月岛需要坐船；直到一九七七年，从九州去平户岛都得坐船。生月岛能保留下来古老的“切支丹”信仰，显然有被两个“濑户”的急流隔离的地理因素。

一五五〇年，葡萄牙商船首次到达平户，耶稣会传教士圣方济各·沙勿略也马上把福音传到这里来了。当地领主松浦隆信（道可）对海外贸易很感兴趣，对于天主教则不冷不热。他让家臣笼手田安经受洗礼成为教名叫做安东尼奥的天主教徒。笼手田的领土分布于平户岛西岸的根狮子地区和生月岛等地。结果，当年生月岛总共两千五百名居民中，有八百名受洗礼成了天主教徒。其中竟然有佛教和尚改成为天主教徒，把原先的佛教寺院改为天主教堂举行弥撒的。他们拒绝参加佛教法事，连领主松浦家的葬礼都不肯去，这么一来麻烦就大了。后来，天主教遭禁止，信徒被残酷迫害。生月岛发生了许多宗血腥迫害事件。

一六一四年德川幕府发布了禁教令，一六四四年最后一名传教士殉教，从此日本国内没有了神父，也没有了教堂。一八七三年，明治新政府在西方国家的压力下，终于取消了禁教令，从此传教士们重新开始来日本。多数“潜伏切支丹”信徒，潜伏了两百三十年之后，回到圣母马利亚的怀抱去，当上了堂堂正正的天主教徒。但是，居然有一部分人，与其回到天主教，宁愿保持“潜伏切支丹”信仰，虽然客观上不再需要潜伏，久而久之，他们信仰的内容也跟正宗的天主教有了出入。

自从一八七三年取消禁教令，至今又过了一百四十年。从德川幕府的禁教起，更有三百多年了。奇迹般地保持到二十一世纪的“潜伏切支丹”信仰，如今终于面对灭绝危机，显然跟平户大桥、生月大桥的连续开通有关系。曾经被湍急海流隔离的生月岛上，社区人士世世代代秘密地持续着“潜伏切支丹”的种种仪式，其中有一看就是天主教来源的，也有倒像日本土著神道的。然而，跟外面世界连接起来后，年轻人一个一个地离开故乡到长崎、东京等大城市去读书、工作、生活了，叫他们回老家继承祖先传下来的宗教谈何容易。

我们平时生活在东京，“潜伏切支丹”是书本上写的历史故事，到了平户生月岛倒是活生生的现实了。跟其他国家的人比较，今日日本人可以说是宗教意识相当淡薄的民族。不管是基督教、天主教、佛教，还是神道，有明确信仰的人属于少数。可是，到了生月岛，著名的景点就是曾有多数“潜伏切支丹”殉教的中江岛，或者在殉教纪念公园里屹立的大型十字架等。所谓殉教，说穿了就是以信仰为罪名的死刑，当年日本是把信徒绑在十字架上处以火刑的。据说，许多信徒，包括年少的孩子们，都唱着圣歌断了气。对幸存的“潜伏切支丹”来说，那些殉教的人们，成为跟耶稣、圣母一样的崇拜对象，该说不足为奇吧。

明治维新后回归天主教的岛民，委托铁川与助设计的天主教山田教会，于一九一二年竣工，前些时已经庆祝了一百周年。但是，更多的“切支丹”信徒，觉得回到天主教就等于放弃祖先保持下来的信仰。在生月岛，过去一百多年天主教徒和“切支丹”算和平共处，而两者之间曾是不通婚的，到了一九八〇年代以后才有通婚的例子。根据二十一世纪初日本政府举行的人口普查，生月岛总共八千五百名居民中，仍有一千名是“切支丹”。

从平户岛去生月岛的公车班次很少，而且路途也不近。我告诉司机：要去生月岛博物馆。巴士一过大桥，他就等不到下一个站，便让我们下车并沿着小路走过去。生月町立博物馆叫做“岛之馆”，乃是在平户市内展出有关“切支丹”资料的两个地方之一。规模不大的博物馆一楼展出以前在这儿繁盛的捕鲸业方面的资料，二楼则陈列“切支丹”的念珠、圣画等，并且放映宗教仪式的影片。十六到十七世纪，西方传教士教当地信徒念葡萄牙语或者拉丁语经文，没有了神父以后，他们还是代代传下来，虽早已不知道内容，却像咒文一般口传下来了。有学者找来西语原文，给“切支丹”信徒解释原义，他们却不知所措，很是为难。他们感到的尴尬是不难理解的。

从生月岛回平户岛的公车，班次也很少。我们匆匆参观完“岛之馆”，得赶紧跑去公车站。太可惜了，时间有限。不过，即使有多两三倍甚至十倍的时间，理解“切支丹”的历史恐怕也不容易。

纽差教会、宝亀教会

去过平户的日本人不多。当我提到平户的魅力，很多人都问及：是否充满着异国情调？答案呢，是也不是。

这里在十六到十七世纪曾来过很多国家的人：中国人、朝鲜人、葡萄牙人、西班牙人、荷兰人、英国人，以及他们带来的非洲人、印度人、马来人等。但是，后来德川幕府采取类似于明清海禁的“锁国”政策，只有少数中国人、朝鲜人和荷兰人被允许来日本继续做贸易。而当年旅日中国人住的“唐人屋敷”和荷兰商馆所在地出岛，都在现长崎市；至于平户，荷兰商馆搬过去以后，便没有了外国人的足迹。也就是说，国际港口平户，曾经确实存在了一百年，然而后来，由于德川幕府的政策改变而消失了。据说，连领主松浦家都因为害怕被天主教牵连，主动烧掉了所有葡萄牙人遗留的舶来品。

不过，说后来的平户没有了异国情调，也显然不对。因为有外国血统被放逐去澳门和雅加达的混血儿女寄回来的家信至今保存下来，部分平户人应该一直知道外国有亲戚的。再说，“潜伏切支丹”信仰的内容，起码最初是耶稣会士直接传授的道地天主教，可说是西方文明的核心。两百多年隐藏在柜子里的“马利亚观音”像或者图画，虽说逐渐日本化到一定程度，但仍然充满着异国情调。

一八七三年，天主教解禁以后，日本各地都重新修建起天主教堂。然而，按人口算，长崎县的教堂始终最多，平户市内的教堂又特别集中。再说，平户的教堂一座一座都修得特别精致、美丽，不能跟其他地方的教堂同日而言。这一切，只能说是曾经被禁止，被迫潜伏的历史所致。位于平户岛中部的宝龟教堂一八九九年建立，纽差教堂则于一九二九年竣工，都盖在人口稀少的山区，却犹如欧洲童话一般的可爱，看得出来信徒们为建设教堂所贡献的精力、时间、金钱。总之，这种教堂在日本其他地方都没有。显而易见，因为有曾经潜伏的历史，平户人的信仰特别虔诚。

两个天主教堂给我留下最深刻印象的，就是地点的偏僻。我说要去纽差教堂参观，观光协会的咨询人员主动提醒我说：“附近有超市卖手工便当。”换句话说，周围没有餐厅或食品店。于是到了纽差，我们一下巴士就匆匆找那家超市买便当，然后随身带到纽差教堂和邻近教区的宝龟教堂参观去了

照片23、24 1899年建立的宝龟教堂（照片左）和1929年竣工的纽差教堂（照片右），都位于很偏僻的山区，却跟西方童话一般美丽可爱。

（照片 23、24）。外表设计和屋内装饰之美丽，以及宗教气氛的浓厚都超乎我的想象。看看宝龟教堂里面的布告栏，果然当地有一些少年去长崎市内的小神学院就读，准备毕业后为信仰而活一辈子的。日本唯一接受中学年龄学生的长崎小神学院，来自全国的学生现在共有六十二名跟神父一起生活，每天除了白天上普通学校课程外，早晨和晚间上神学的课程。

从迷人的木造教堂走出来，远处在森林那边望得见蔚蓝的大海；这儿是半农半渔的村庄。我们在天主堂旁边的宝龟小学运动场外坐下来吃野餐。在超市买的便当盒里有上面撒满了鸡蛋丝的当地风味大村寿司和“蒲鉾”炸鱼糕等，很朴素很好吃。有几个小孩不知从哪儿出来看看我们三个外来者。不料，忽而下起雨来，只好匆匆吃完赶紧走了。可是，到了公车站才知道下一班车是两个小时以后才会来。于是打电话到计程车行要辆的士，对方说：“从平户中心区过去，起码要二十分钟。”既然没有其他法子，我们只好打着雨伞在山中马路边站着等车。还好，不到二十分钟，车子就来了。回到东京后，我上网查看才得知，那所平户市立宝龟小学，其实已于二〇一一年三月停办，结束了一百三十年的历史。原因不外是儿童过少，最后一年入学的小朋友只有一名，全校学生加起来才二十四名而已。现在，他们坐学校巴士到纽差小学去念书。

郑成功的故乡

我们二〇〇九年年底去南台湾旅行，在台南看见了好几个郑成功像。记得火车站广场中央有立像，延平郡王祠有骑着马的，安平古堡外好像也有一个吧。毕竟，就是他，从台湾岛驱逐当年以台南为根据地的荷兰人，宝岛历史上头一次建立了汉人政权。台南的延平郡王庙，除了祭祀郑成功外，还祭着他的日籍母亲田川松。她是平户领主松浦隆信（宗阳）的家臣田川七左卫门的女儿。

郑成功的父亲郑芝龙出生于福建泉州南安县，年纪轻轻就到葡萄牙治下的澳门去学贸易、西语，并受洗礼成为天主教徒，一六二三年二十岁时到平户，从外号叫中国甲必丹的李旦那里继承了海上生意的大权益，并且娶了个当地武士之女为妾，生下了两个儿子。郑成功就是他们的长子，一六二四年生于平户市区南方六公里的千里滨。他长大后为复明灭清出力，朝廷赐下了朱姓，因而世人称他“国姓爷”。七岁以前，他跟母亲在平户过的日子里，曾有过小名叫“福松”，显然从祖地“福建”和母亲“田川松”各取一个字的。他成为英雄是长大后的事情。可是，在千里滨沙滩上，至今有他出生的时候，母亲田川松抓住的石头“儿诞石”，纪念英雄在此地出生。据传说，那是一六二四年农历七月十四日的事情，她出来在海滩上采海贝，忽然感到阵痛，就当场分娩出了后来的海上英雄。

有关郑成功的生平，在日本都广为人知，因为江户时代的头号剧作家近松门左卫门，一七一五年就发表了以他为主人公的“人形净琉璃”（木偶戏）作品《国性爷合战》而特受欢迎，结果连续上演了十七个月，也给翻成了歌舞伎剧本，至今仍为颇有人气的节目。松浦家第三十五代掌门松浦熙（观中），也为纪念当地出生的国际英雄，一八五二年就请著名儒者撰写郑成功小传，刻在了“郑延平王庆诞芳迹”石碑上，建于千里滨现郑成功纪念公园里。至于郑成功故居，则在他和父母都去了中国以后，改为当地修验道的喜相院，后来又

照片 25 台湾英雄郑成功生于平户千里滨，他母亲田川松是当地武士的女儿。千里滨有郑氏纪念馆与庙宇。

改成金刀比罗神社了。本来留在喜相院的郑芝龙图章和香炉，保管于松浦史料博物馆。一九四一年，长崎县政府把神社境内的七百平方米指定为该县第一号史迹；二〇一三年，由平户市政府出面，开设了郑成功纪念馆（照片 25）。

位于海边丸山上的郑成功庙，乃一九六二年收到了台南延平郡王祠院子里的沙子以后修建的，里面有实物大的国姓爷像，并且每年的七月十四日举行郑成功祭。从旁边的展望台能看到千里滨的郑成功纪念公园。丸山这个地方，曾在郑成功出生的时候，盖有荷兰仓库，作为娱乐外国船员的花街柳巷而小有名气。后来，荷兰商馆搬去长崎出岛，花街柳巷也一同搬去了。长崎市内至今有丸山地区，成为了不少时代剧、小说的背景，包括中西礼二〇〇〇年获得了直木赏，后来拍成电影的《长崎漫步曲》。这本书讲述一个善于弹三弦的老艺伎和民间学者之间的柏拉图式恋爱。他们双双去寻找鲜为人知的长崎民歌，最后共同创造一首歌谣。在影片里，著名女星吉永小百合饰演老艺伎，可是她长得太漂亮，没能表现出非美女的悲哀和傲气。

平户鲆

虽说日本是小小的岛国，在每个地方钓上的鱼种却相当不一样。比如说，鲆即平鱼或者比目鱼，在东京鱼店是甚少见到的。我从小听句俗语道：鲆左鲽右。意思是说：比目鱼和鲽鱼看起来很像，都有扁扁的身体，区别在于比目鱼的双眼都在头部左边，鲽鱼的双眼则在头部右边。已故姥姥很喜欢吃红烧鲽鱼，尤其是有子的。孩提时代去姥姥家，她偶尔也让我尝尝鲽鱼子，跟稍甜的酱汁一起吃，真是特级美味。但，那是头部右边有双眼的鲽鱼。比目鱼呢？我在东京鱼店看过的，好像只有已去骨去皮的肉块，是带回家就可以切成片当刺身吃的。对于有头有尾的比目鱼，我始终没有印象。

这回去平户，正好赶上了“平户鲆节”的末尾。每年的一月初到四月初，平户市观光协会都举办这种食节，乃市内多家饭店、餐馆等都廉价推出用了当地产比目鱼的菜肴。市内中心区有家店叫“大德利”，翻成中文是“大酒壶”，该是居酒屋吧？不过，看观光协会发的介绍单子，倒写着是“生箦居食家”。日文“生箦”本来是鱼塘的意思，后来指食肆里让鱼儿活动的水槽。至于品目，有比目鱼刺身、天麸罗、茶泡饭等。该行吧？

黄昏时分的平户街头，这晚又行人很少，许多店家早早关门，令人稍感寂寞不安。可是拉开门进去，“大德利”里面却很热闹，好像已经有几桌客人开始吃饭喝酒了。我们在和式小房间坐了下来，既然碰上了“平户鲆节”，该要“姿造”也就是带头带尾的全鱼刺身吧。

我家平时大约每周吃一次刺身。最平常的鲔鱼、鰤鱼、鲣鱼等，是从鲜鱼店买来几百克的鱼肉块，带回家后切成薄片吃的。自己处理整条鱼的，只有乌贼、秋刀鱼、沙丁鱼等小型鱼类而已。在日本餐厅点“姿造”，一般会非常昂贵。早五年，我替女儿邀请双方的祖父母办七五三庆贺宴会，为三代八个人吃的晚餐主菜，事先订了一条大鲷鱼的“姿造”。鲷鱼是要当天早晨从筑地市场特地买来大号的，餐馆方面除了材料费以外，还要收交通费、服务费、技术费等等。结果，光是那一盘的费用就三万日圆了。当晚，既新鲜又很大的鲷鱼做成“姿造”上桌，整个场面喜气洋洋，大家都吃得高高兴兴。

这回在平户“大德利”吃到的比目鱼，当地人称之为“座蒲团鲆”，也就是说跟坐垫一般大，可达五公斤。跟女儿

照片 26 平户人称“座蒲团”（坐垫）的大鲆鱼，做成“姿造”即有头有尾的全鱼刺身，只收 3900 日圆：物美价廉没得说了。

七五三时候的大鲷鱼相比，品质重量两方面都有过之而无不及。味道淡薄的白色鱼片，蘸着椪醋酱油和“红叶卸”即辣椒萝卜泥吃，真不错，而且分量特丰富（照片 26）。你猜猜，这盘的价钱多少？本来在菜单上写：一人份两千八百日圆，那么乘以三个人，该是八千四百吧？然而，最后在账单上写的数目，竟然是三千九百。我想起来前一天从田平平户口坐的计程车，司机最后要的钱也比最初开的价少很多。我们三口子在“大德利”，吃比目鱼“姿造”以外，还吃了几样小菜和饭团，也喝了啤酒、清酒、汽水，总共不到一万日圆。物美价廉，没得说了。

活乌贼和飞鱼汤什锦面

我说要去长崎，好几个朋友都说：那你该吃生乌贼了。

虽然东京鱼店全年都卖乌贼，可是到了产地才能吃到活的。而只有活乌贼做的刺身，才能够从头到脚全部都生吃。

去郑成功纪念馆的时候，我看过了附近小摊子“生箦”里游泳的透明乌贼。活乌贼是透明的，死了就发红，最后才呈眼熟的白色。平户中心区有渔业合作社经营的鱼店兼食肆。这家“旬鲜馆”出售早晨在当地钓上的鱼，当地人买回家吃，游客则在店里消费。有趣的是“生箦”旁边墙上贴的一张纸写道：注意乌贼射墨汁。墨鱼的别名果然不虚传，它们遇到了敌人，要射墨汁反击的。我们既然要把它活生生地吃掉，被当作敌人也无可厚非吧。

我们这一天中午就要离开平户去长崎了。我家有老饕强力主张：走之前，非得吃活乌贼和当地特产“飞鱼汤什锦面（あごだしチャンポン，Ago-dashi Chanpon）”不可。所以，吃饭店的自助早餐时我们故意吃得很少，为十点开门的“旬鲜馆”和迟些开门的森藤食堂留下尽量多的肚里空间。

吃海鲜最适合搭配清酒，但上午十点却不是正常人喝酒的时间。好在日本有“过年、过节、旅途上除外”的文化习惯，所以我们到了“旬鲜馆”就光明正大地要了一瓶啤酒。然后，站在“生箦”边，伸手指一指合意的乌贼要弄成“姿造”吃（照片 27）。另外要了一打天然牡蛎，也当场炭烤来尝尝。乌贼也好，牡蛎也好，都无比新鲜可口，再说渔夫自己处理海鲜

照片 27 吃平户产乌贼刺身，要小心被射墨汁。因为是拿活乌贼做的，全身透明而且还稍微动着呢！

的样子，散发出独特的魅力。

醉醺醺地从“旬鲜馆”出来，骑上租来的单车去平户城堡，以及被称为“西高野山”的真言宗最教寺。附近也有古老的龟山神社，都是很大很可观的。平户虽然是位于日本边缘的小地方，但是有悠久的历史和壮阔的自然，给人很富裕的印象。神社境内到处种着樱树，可是赏花的季节已过去，几乎没有游客。

回到市中心，森藤食堂门外已经挂上了招牌门帘，表示在营业。日文所谓的“暖帘”该发自中国。但是东瀛“暖帘”是随风飘摇的薄薄棉布，跟大陆北方的商店冬天挂来防风的厚重“暖帘”根本是两回事。食堂里有不再年轻的太太和明显年迈的老太太。我们要尝一下平户特产“飞鱼汤什锦面”。

飞鱼因为鱼刺多，所以不大受消费者欢迎，可是晒干以后提取汤汁味道很棒。平户人把发源于长崎唐人街，本来用鸡汤、猪骨汤的“Chanpon”改为飞鱼汤底的了。汤面上边搁着猪肉片、鸡肉片、鱼饼片、虾仁、木耳、高丽菜等合炒的全家福，可说是日本化的中式便餐吧。

吃了活乌贼和飞鱼汤什锦面，本来该心满意足地告别平户的。可是，我心中却恋恋不舍。本来很想慢慢参观生月岛的“切支丹”文化，也很想在郑成功出生的千里滨沙滩上悠闲走走戏水片刻，还很想看松浦史料博物馆的纪念品店卖着什么礼品，更想在博物馆院子里的闲云亭茶室喝抹茶，吃传统的平户点心。

坐上开往佐世保的公车时，我心里很难过。好想留下来，好想再回来。这么一把年纪了，怎么事关旅行，感情还像当初的少女一样？一趟旅行犹如一场恋爱。既然邂逅过，永远会留在心中一角。

双城记：澳门与长崎

当年日本流通的“南蛮”一词，所包含的内容相当丰富，几乎等同于“世界”了。

大航海时代

说到长崎，也许外人只知道是一九四五年八月九日，美军飞机投下了第二枚原子弹，导致日本无条件投降的城市：Nagasaki。实际上，这座城市的历史很丰富，有些历史家还说它跟澳门是双胞胎。

说长崎跟澳门是双胞胎，因为都是公元十六世纪来东亚海域的葡萄牙人，获得当地政权的许可开港而居留下来，一方面从事国际贸易，另一方面展开传教活动的港口城市。那是公元一四九八年，探险家瓦斯科·达·伽马从欧洲启航，绕过南非好望角，终于“发现”了往亚洲的航路之后，接踵而来的葡萄牙船只占领印度西岸的果阿邦，逐渐横行印度洋，开始出没南海、东海的年代。

当然，没被西方人“发现”之前，东方早就存在。不仅存在而且当年比西方还要发达。为了获得在家乡找不到的宝物，西方人才想到东方来的。

达·伽马抵达印度之前，附近海域曾是穆斯林商人的天下。最繁荣的交易城市则是马来半岛的马六甲。位于印度洋和南海之间，马六甲海峡是阿拉伯、印度产品与中国制丝绸和陶器聚集的大市场，也是帆船停泊等待季节风的好地方。季节风每半年换方向，送走往西往东的船只。

在十五世纪前叶，郑和七次下西洋时留下的华人后裔，后来分布在现属于马来西亚、印尼的南洋岛屿上，也从事着贸易。一五一一年，为了抢夺贸易利益，尤其是在马六甲港停泊的各国船舶缴的海关税收入，葡萄牙人打下了马六甲。当地人长年都没忘记被西方人攻下的屈辱；如今，华人和当地人之间的混血族群峇峇娘惹后代，在唐人街开的一家饭店就叫做一五一一。

葡萄牙人跟着派使节去广州，要求跟明朝建立贸易关系。可是，这时候的明朝廷已采取海禁政策，不愿意跟俗称“佛郎机”的西方人打交道。结果，一五二〇年左右，“佛郎机”中脱离了葡萄牙政府属下印度总督控制的部分私商，直接前往浙江宁波附近的双屿、福建漳州等地，找可得的利益去了。

当时，中国沿岸频频有“嘉靖倭寇”出没，其中既有日本人又有中国人，在他们眼里最值钱的东西，还是明朝海禁以后断了货的中国制丝绸和陶器。新来东海的“佛郎机”本来就是半商半盗性质的，很快就加入“嘉靖倭寇”之列。一五四八年，明朝官方扫荡双屿，包括“佛郎机”在内的各国私商都搬迁去了澳门西南方的浪白澳。

一五四三年，载着三名葡萄牙人的中国船只漂至日本南端现属于鹿儿岛县的种子岛，把火枪传入了当时正处于战国时代的日本。那就是在日本历史上大名鼎鼎的“铁炮传来”。

我小时候在学校课堂上听到“葡萄牙人、种子岛、火绳枪”的故事，印象非常深刻。对日本小孩来说，这则故事传奇的程度，跟在传统童话书里，大桃子从河流上游漂浮下来，老太太带回家切开以后，从里面跳出来胖嘟嘟的男婴桃太郎差不多。毕竟，日本人之前根本没见过蓝眼睛、白皮肤的外国人。

直到最近，我才忽而清楚地意识到：其实那些葡萄牙人坐的船属于生在安徽省，当年在日本九州平户岛盖中国式豪宅风靡一时的五峰王直，他自称为“大明儒生”。果然，由他在种子岛沙滩上写的汉字解释，日本人才晓得船上的那三位是“西南蛮种的贾胡”，也就是自南欧来的商人。所谓“火绳枪”也并不是欧洲产品，行家叫此类火器为“马六甲枪”。

从十五到十六世纪，葡萄牙人和西班牙人航海绕地球开启了“大航海时代”。在一般日本人的印象中：远东岛国的居民就是在那个年代才第一次接触到西方人，结果日本历史也终于跟世界历史连接上了。然而，实际上，南海、东海历来是华人的天下。一五一一年葡萄牙打下了马六甲以后，分布于南海、东海各地的华商们，跟“西南蛮种的贾胡”时而合作时而竞争。总之，就是中国籍海商把西方人引路到日本来的。

双胞胎城市

很多人都说：澳门的地形很像葡萄牙首都里斯本；除了濒海以外，还处处是窄小的坡道，有利于构筑要塞防御敌人攻击。而这两个特点，偏偏也是长崎的特点。生下了双胞胎城市澳门和长崎的母亲，就是十六世纪的世界霸主葡萄牙。

如果谁以为澳门不过是世界最大的赌城谁就错了。那里的历史城区于二〇〇五年被联合国教科文组织列入了世界文化遗产名录。构成历史城区的，有以天主教堂为主的二十二栋建筑物和八处广场，其中具有欧洲风格的地标很多是一五五七年左右，葡萄牙得到当地官吏的许可，在此地居留下来以后的第一时间里匆匆建造的。

从葡萄牙的角度看来，澳门是远东贸易和传播天主教的前线基地；从中国的角度看来，澳门则在十九世纪中的鸦片战争以前，大约三百年都是天朝最重要的对外开放港口。

结果，这座小城拥有许多历史上的“中国第一”。例如：

中国第一所西式大学（圣保禄学院）、中国第一所西医院（白马行医院）、中国第一所西式印刷厂（圣保禄学院附属印刷厂）、中国第一所西式剧场（岗顶剧院）等。如今被当作澳门象征的“大三巴”，其实就是圣保禄学院大门的遗迹。另外也有一五六九年由第一代澳门主教建立的仁慈堂，乃中国第一所基于天主教博爱精神，经营育婴堂、麻风院、孤儿院、老人院等福利设施的慈善救济组织。

看着关于澳门仁慈堂的说明，我被似曾相识之感所袭，赶紧查了一下它的葡语名称，没错，就是圣慈悲之家（Santa Casa da Misericórdia）。一四九八年，葡萄牙王妃在里斯本主教座堂的回廊一角，开设了第一个慈悲之家。然后，随着传教士的东进，远东各地都有了慈悲之家。

今天在日本长崎市的地方法务局院子内，有枚石造纪念碑刻着： Misericórdia总部旧迹。一五八三年，大阪出生的日本籍天主教徒夫妻，为在长崎创立“慈悲兄弟组”，派人去澳门，取得了仁慈堂的规章和旗帜。当时，澳门仁慈堂开设后已有十四年历史，向它学习的长崎“慈悲兄弟组”由日本教徒出钱出力，不久也开始经营麻风院、老人院、孤儿院、寡妇院、墓园等等了。

日本的第一所西式医院是一五五七年，出生于葡萄牙犹太家庭，后来改信天主教，作为商人来日本以后，更成为天主教耶稣会神父的阿尔梅达（Luis de Almeida）被现九州大分县的领主赐予了一块土地，在当地开设的外科、内科、麻风科综合医院。在那儿，他举行了日本历史上第一次的外科手术，也组织“慈悲兄弟组”叫信徒们去照顾弱势族群，并且在医院附设的医学院里，培养了日本第一批的西医生。据说，阿尔梅达成为神父的最大原因，就是在日本看到了太多杀婴、弃婴个案而受了冲击。直到一五八三年，即长崎开设“慈悲兄弟组”那年去世为止，前后约三十年之久，他都在日本从事宗教福利活动；大分县至今还有阿尔梅达医院，乃当地医师会为纪念他的事迹命名的。

二十世纪日本有个杰出的女性美术史家叫若桑绿（Wakakuwa Midori，一九三五—二〇〇七），以二〇〇四年问世的《四个少男》一书获得了表扬优秀历史评论的大佛次郎奖。标题中的“四个少男”指的是，一五八二年从日本被派去罗马见教皇的少年使节。该书里，若桑探讨为何当年会有那么多日本人愿意成为天主教徒。毕竟，十七世纪初德川幕府禁教以前，日本竟有多达六十多万的教徒，等于当年葡萄牙总人口的四成。男性历史家们一般都认为是被经济利益所吸引，若桑却不同意。她说，就像阿尔梅达，西方传教士们身体力行的人道主义感动了日本群众所致。她也说，天主教提倡一夫一妻制并禁止奸淫，对因为丈夫拈花惹草而受到折磨的日本女人而言，简直就是现世救赎。若桑绿也研究性别历史，从女性主义的角度解剖历史，手法干净利落之至。

另一处世界遗产

比澳门晚十年，日本长崎也举手希望被列入世界文化遗产名录了。

长崎港亦于十六世纪后叶，在葡萄牙商人、传教士的要求下开港，曾被誉为“东方罗马”。在小小的长崎半岛上，一时竟有了十三座天主教堂。其中位于海角尽头的一座，被称为“蒙召升天的圣母教会”，附设着司祭馆、神学院、印刷所、绘画教室，以及由三个大钟和八音盒组成的精致钟塔。那个钟是用罗马数字和天干地支的汉字表示时间的。不难想象，在当年的日本人眼里，海角上的教堂显得多么华丽、迷人。

属于耶稣会的传教士们，最初从马六甲，后来从澳门，乘坐葡萄牙商船来到日本，所以贸易港口往往也就是传教基地了。一五五〇年，沙勿略去九州西端的平户岛传教以后，大约十年时间，葡萄牙商船都定期到平户岛卸货，给当地带来了经济繁荣。然而，一五六一年，在葡籍船员和当地日本人之间发生一场械斗，导致多名葡人死伤。结果，葡萄牙商船从此不来平户了，改去邻近的横濑浦、福田等地。一五七〇年，由耶稣会士测量长崎附近的水深，发现那里的地形特别合适于大型船只出入。恰好，当地领主大村纯忠已受洗成为了天主教徒。耶稣会要求他将长崎港开辟，并叫周边地区的信徒们搬迁过来集体居住。

看当年的地图，长崎是细长如人脚的半岛。这形状跟一五五七年葡萄牙人开始居住时的澳门半岛相似到神奇的地步，好比是同一个人的右脚和左脚。后来，两个城市都进行了大规模的填海工程，地形跟原先完全不同了。但更不同的是，两个城市后来的命运。

虽然有人说当年澳门在法理上不算是殖民地，是葡萄牙人买通当地官吏居留下来而已，但是从后来的历史发展看来，直到一九九九年回归中国为止，前后四百四十年之久，澳门一直都在葡萄牙的统治下。就是因为如此，有关天主教的古迹从没遭到破坏，今天的澳门历史城区仍保留着大航海时代的侧影。

长崎的命运则不一样。一五七〇年代的日本正处于战国时代，封建领主大村纯忠对长崎的统治并不稳固，反之重复受着周边邦国部队的攻击。一五八〇年，大村氏决定把长崎半岛捐给耶稣会。这在当年日本并不是特殊的情形；全国各处都有属于佛教寺院的土地，而当初日本人确实错误地以为天主教是佛教的一派。然而，一旦最高掌权者对天主教起疑心，之前的承诺则根本不算数，土地所有权和统治权都一下子要被剥夺了。一五八七年，刚统一日本西部的丰臣秀吉，忽然命令天主教传教士统统在二十天内离开日本，并以实力收回了长崎。他和稍后上台的德川家康，都一方面欢迎葡萄牙人来日本做贸易，另一方面怀疑传教士有侵略日本的政治目的。难就难在耶稣会在日本的活动依靠着贸易赚来的利益，而贸易资金又依靠着教会的投资，两者是不能分开的。

自一五八〇到一五八七年，长崎属于耶稣会，乃该会和当地的封建诸侯大村纯忠之间达成的协议。当丰臣秀吉收回长崎变成直辖地之际，葡国官方完全没有发言权。反之，在澳门，无论天主教被清政府禁止与否，葡萄牙人从当地官员取得的居留权始终不成问题。中国地方大，皇帝远；从北京的朝廷看来，澳门一向是位于东南僻地的小小半岛而已，再说，和大陆之间设立关闸，控制天主教往内地传播也较为容易。

一六一四年，德川家康进一步发布禁教令，命令拆毁日本各地的天主教堂。长崎半岛上的十三座教堂也不例外。当地信徒们拼命保护"慈悲兄弟组"，但是一六二〇年，包括属下的七所医院在内，一切都给破坏了。后来，在长达两百多年的禁教时期里，长崎人代代口传"慈悲屋"的故事。可见，天主教的人道主义多么深刻地打动了日本老百姓的心。德川幕府对教徒进行的残酷迫害，包括拷问和处刑，教人光看文字记录都惨不忍睹。曾昙花一现的"东方罗马"，即澳门的姊妹城市长崎，没能维持半世纪，就从地球上消失得干干净

照片 28 1864 年建立的大浦天主堂。在地下潜伏了两百多年的日本“切支丹”们，在这儿向法国籍神父告白信仰，导致了天主教历史上的大事件：发现信徒。

净了。既然如此，联合国教科文组织要列入世界文化遗产名录的“长崎的教堂群和跟天主教有关的设施”究竟是什么东西呢？

其中，最古老的大浦天主堂建于江户时代末期的一八六四年（照片 28），即比澳门的遗产群约晚三百年。明治维新前夕，德川幕府在西方列强的压力下，不得不允许旅日西方人为同胞建设天主教堂。不料，在长崎各地潜伏了两百多年的日本信徒之间，居然有句传说：七代以后神父会再来。于是当潜伏信徒的子孙们听到从欧洲来的神父开设了大浦天主堂之际，马上前往而向法国籍神父告白他们家族私底下保持了两个半世纪的信仰。那就是一八六五年三月十七日，轰动了全球天主教界的“发现信徒事件”之始末。如今成为世界遗产的“长崎的教堂群和跟天主教有关的设施”由十三个历史资产组成。其中，九座教堂是潜伏了好几代以后正式回归天主教会的信徒们建设的，另外三处则是较早的禁教时期信徒们受到迫害而殉教的古迹。

可见，跟长久保留下来的澳门历史城区非常不同，长崎的天主教堂是曾经繁盛后受残酷迫害而被消灭过一次，然而过七代以后，正如预言奇迹般的复活了。历史极其复杂曲折。

南蛮趣味

俗称“太阁”，外号叫猴子的丰臣秀吉（一五三七—一五九八），对天主教非常警惕，同时对葡萄牙人带来的新奇事物，却是喜爱不已的。果然，在他治下的十六世纪末日本社会，大大地掀起了“南蛮”风潮。

一五九〇年，被耶稣会士带去欧洲见了罗马教皇的“四个少男”（天正遣欧少年使节）回到日本，穿上华丽的“南蛮衣裳”去见丰臣秀吉，并演奏了从欧洲带回来的风琴、提琴等西洋乐器，博得了首长的拍手喝采。据说，秀吉也对大象、孔雀等使节带回来的异国兽禽情有独钟。第二年，当他远征九州之际，带了不少学者、艺术家等，让那些文人在长崎接触到了葡萄牙船传来的“南蛮文化”。结果，之前日本人没吃过的“南蛮”食品如面包、糖果、牛肉、鸡蛋、葡萄酒等等，衣料如斗篷、雨衣、裤子等等，统统成为京都时尚，久而久之融入了日本文化，并且传承到今时今日来。

日文的“南蛮”一词，显然取自中文的“东夷、西戎、南蛮、北狄”，本来指自南方来的外国人。十六世纪中期，日本人第一次看到的葡萄牙商人是从南海坐船北上而来的，加上引导他们的华商王直又介绍说是“西南蛮种的贾胡”，于是日本人把他们称为“南蛮人”合乎逻辑。日本的历史课本上都一贯说：当时的日本人把葡萄牙、西班牙来的天主教徒叫做“南蛮人”，把稍后来的荷兰、英国基督徒则叫做“红毛人”。直到二十一世纪初，才出现新一代的历史学家提出疑问：日本人历来把荷兰船叫做“阿兰陀（Holland）船”，却偏偏把葡萄牙船叫做“南蛮船”，究竟是为什么呢？

答案特别有趣。

一方面，从澳门来的“南蛮船”上，不仅有葡萄牙、意大利等南欧国家出生的天主教徒，而且有他们在非洲、印度等地找来的黑人船员以及奴隶等。另一方面，当年葡萄牙人口总共不到一百五十万，要往海外发展，光靠本国人是远远不够的，于是官方鼓励男性同胞在海外各地娶外国妻子而扩大势力。结果，十六世纪末，澳门人口的一半居然是葡萄牙人和中国人、日本人、朝鲜人等之间生出的混血儿女，以及东非莫桑比克、印度果阿、马来半岛马六甲等殖民城市出生的人士了。从澳门来日本做贸易的葡萄牙船，船员的种族结构一看就相当复杂，使得当年日本人用“南蛮”一词来形容这群体。

再说，以往的学者很少指出过：从葡萄牙来东方发展的西方族群中，显然有一大部分是从伊比利亚半岛被放逐出去的“塞法尔迪犹太人”。十五、十六世纪葡萄牙和西班牙两大帝国向海外扩大势力，学界曾认为：天主教会要对抗基督教会发起的宗教改革，正和刚掀起的重商主义意识形态相结合所致。最近越来越多研究者却认为：其实，从欧洲被放逐出来的犹太人，要往海外寻找安息之地的因素也一样重要。根据近年的研究成果，例如冈美穗子的《商人与传教士：南蛮贸易的世界》，一五八〇年澳门葡萄牙人口中，竟有一半是犹太裔的。连在著名的耶稣会传教士当中，也不乏从犹太教改宗过来的人士，包括在日本让“南蛮医学”普及的阿尔梅达大夫。

也就是说，当年日本流通的“南蛮”一词，所包含的内容相当丰富，几乎等同于“世界”了。

非常遗憾的是，从十六世纪末到十七世纪初，曾风靡日本社会的“南蛮潮”，后来由于德川幕府严禁天主教，不仅从人们的生活中消失，而且也从人们的记忆中消失了。于是十九世纪中叶，在西方列强的压力下，重新向世界打开国门的日本人，敢情不知道两百多年以前的“南蛮潮”为何事了。谁料到，从记忆中消失得干干净净的“南蛮热”，却似乎留在日本人的遗传基因里。

一九〇七年，著名诗人与谢野宽带领北原白秋等四个年轻诗人，去九州西部旅游一个月，访问跟天主教有关的古迹，并且合写纪行文《五双鞋子》连载于《二六新闻》。结果，掀起了日本历史上第二次的“南蛮潮”。

比如说，北原白秋一九〇九年问世的第一本诗集叫《邪宗门》，开头就道：我思念末世的邪教，天主教宙斯的魔法；黑船的甲必丹，红毛的不可思议国；红色的玻璃，味道尖锐的康乃馨；印度的条纹棉布，以及荷兰烈酒，葡萄牙红酒，云云。芥川龙之介受他们的影响，创作出了一系列以古昔日本天主教徒为主题的小说：包括一九一八年作品《邪宗门》，以及《烟草和恶魔》《奉教人之死》《圣克里斯多福传》等。以编纂日语词典《广辞苑》而大名鼎鼎的语言学者新村出，热衷于“南蛮”文化的程度也很不凡，留下了一九一五年出版的第一部著作《南蛮记》，和后来陆续发表的《南蛮更纱》《南蛮广记》《琅玕记》等等充满异国情调的多部著作。

南蛮果子、南蛮屏风

在日本，历史最悠久的西式甜点，一般认为是长崎福砂屋的卡斯提拉（Castella），乃用长方形模子烤制的蛋糕。一六二四年开张的福砂屋，以蝙蝠图形为商标，字号则取自主材料“砂”糖和其产地：中国“福”州。至于商品名称卡斯提拉，好像是取自中古时代曾在伊比利亚半岛上的卡斯蒂利亚王国。

前些时候，我在台湾报纸上发表过有关卡斯提拉起源的小文。后来，有读者在博客上写感想道：她祖父母一贯叫这种蛋糕为“南蛮果子”，而做孙女的一直不知道其所以然，看了拙文后得知，原来卡斯提拉发源于现属于西班牙的卡斯蒂利亚王国，因而老人家沿用古老的日本俗语称之为“南蛮果子”的，原来如此！我读后亦喊出：原来如此！

日本人，尤其文人对“南蛮文化”的憧憬，有点像从十七世纪起在欧洲曾经风靡一时的“中国风”(Chinoiserie)，也就是对异国文化强烈到似病态的想念。

在丰臣秀吉、德川家康统治下的日本，一方面迫害天主教，另一方面却被传教士带来的“南蛮文化”所迷住。不仅是诸侯、贵人，连平民老百姓都纷纷穿上“南蛮”味道的服装、帽子，挂上十字架项链，用舶来品装饰室内。文人圈子里，更流行刻罗马字图章，盖在文信书画上当落款。

今天的日语词汇中，还有不少单词是当年从葡萄牙语流入的，例如：カルタ（karuta、纸牌）、シャボン（shabon、肥皂）、メリヤス（meriyasu、针织品）等等，或者从南洋语言流入的，例如：キセル（kiseru、烟管）、サラサ（sarasa、蜡染布）等等。

凡是文化交流，很少有单方面的；显然当年葡萄牙人也受了日本文化的影响。葡语中至今有个单词叫 biombo，乃源自日语“屏风（byobu）”。在日本屋子里，用来隔开空间或者避风的屏风，欧洲人觉得既新鲜又实用，何况日本画家在屏面上画的图案，由他们看来充满着异国情调。结果，在当地文化中占据了永久性位置。

有趣的是，十七世纪日本人自己也生产了一系列“南蛮”主题的屏风：乃在跟房门一般大的屏面上，画着“南蛮船”在浪涛澎湃的大海上航行，穿着豪华衣服的甲必丹登陆日本时，被穿着黑色长袍的耶稣会士迎接，一同去京都“南蛮寺（教堂）”的场面。也有的显示：船员出售种种“南蛮文物”，包括中国产丝绸、印度或东南亚产布料、栖息于热带地区的动物、产于南方岛屿的香料等等给日本人。“南蛮屏风”就是此类当年在日本大受欢迎的绘画屏风，其技法是日本的，主题倒是“南蛮”的，部分颜料好像也是舶来的。总体而言，充满着“大航海时代”的国际风情。

我第一次看到“南蛮屏风”是在“南蛮人”的故乡葡萄牙。一个日本朋友的父母亲，提早退休以后移居里斯本。我去拜访他们，被介绍到当地美术馆去，看到了好几个“南蛮屏风”。那是一九九〇年代初的事情。当时，日本政府正推行所谓“银色哥伦布计划”，鼓励退休人士去葡萄牙、西班牙度过晚年。真正移民过去的人没有多少，我那朋友的父母亲也过了十年就回日本过真正的晚年了。不过，当初日本社会的反应确实相当强烈。其中一个原因，相信是“银色哥伦布”的名称取得顶好，一听就引起关于“大航海时代”的种种想象，激起日本人的“南蛮情结”。朋友的父母带我去参观的“南蛮屏风”，在黑地上用金粉画出华丽的场面，题目是永远浪漫的航海和异国文化，简直可说是日本人对外国憧憬的结晶。画里除了主角葡萄牙人以外，还有非洲黑人、印度人、马来人等，犹如马戏团空中表演一般的倒吊在船帆上头，强调整幅画的异国情调。

今天，神户市立博物馆、东京三得利美术馆、永青文库（原九州诸侯细川家宝物馆）等几个地方都收藏着“南蛮屏风”作品，乃江户初期大为出名的狩野派画匠画的。天主教被禁止后，画里的宗教因素被除掉，久而久之，从当初的写实变成了幻想。在后期的作品里，看到日本人跟“南蛮人”一起跳舞欢乐的场面，我忽而理解：原来在日本人的印象中，“南蛮人”是一种外来神，“南蛮船”则是载满舶来宝物的宝船。

果然，跟小时候的圣诞节一般，令人长久怀念，永远也忘不了。

长崎之旅

二〇一四年春天，我终于去了一趟长崎。

位于日本群岛最西端，长崎是从东京最难到达的地方之一。说实在，长崎离上海比离东京近。所以，二十世纪前叶，曾有上海—长崎定期轮船的往返，长崎人说："去上海穿着木屐也行，去东京则非得交杯酌水作别不可。"穿木屐是日本人在家附近随便走走的比喻，当要真正出门就得改穿皮鞋系好鞋带了。我以往从东京坐飞机去过多次上海，每次都飞过的长崎，这回终于着陆了。

大家都爱慕故乡。但是，长崎人对家乡的爱是明显突出的。有一本书叫做《长崎深入指南》，乃全彩色共四百一十五页既美丽又充实的一本书，售价一千九百零五日圆。一看就知道，制作费肯定花费更多了。怎能划得来？果然，书尾登着三百八十个出资者的照片和姓名，好比是《赛德克·巴莱》末尾长长的"天使"名单。除了长崎以外，哪里会有这么多市民愿意自己掏腰包去出版美丽的旅游指南书？

打开长崎的历史年表，我不禁吃一惊，因为这座城市的历史，竟然是一五七一年葡萄牙船第一次入港开始的。正如，台湾地方史的第一行写着：在台湾海峡上航行的葡萄牙人，看到树木繁茂的孤岛，叫了一声："美丽岛！"然后，长崎一时成为天主教耶稣会领地，"四个少男"向罗马梵蒂冈出发回来，来回都经过澳门停留在远东的传教中心圣保禄学院。丰臣秀吉掌权后收回长崎，放逐了外籍传教士。一五九七年，由他命令，处决了共二十六名外国和本地的天主教徒，他们后来被梵蒂冈列为圣人。

自澳门启航的葡萄牙船，最后一次入长崎港是一六四七年的事情。当时，德川幕府已采取所谓"锁国"即海禁政策；在欧洲国家当中，只有信仰基督教而不积极传教的荷兰人被允许来长崎做贸易。荷兰船的船员也不可以自由活动，非得留在"出岛"，即当初为了叫葡萄牙人居住，在长崎半岛前方的海面上人工修建的监狱般的小岛上。

过去一百五十年，长崎港内一直进行填埋工程，直到连"出岛"本来在哪里都搞不大清楚了。幸好，近年随着世界文化遗产热潮，重视历史成了潮流，当地政府复原"出岛"并修成博物馆，介绍当年荷兰人在"出岛"上过着什么样的生活（照片 29）。

看看描绘当年"出岛"生活的绘画，挺充满异国情调的。例如，穿着洋服的荷兰人自己挥刀宰牛烹饪，用西式桌椅和刀叉碗杯，享用着西餐和洋酒：汤水、烧肉、烤鸭、蛋糕、金酒。旁边除了有色人种的仆人服侍以外，还有穿着华丽和

照片29 近年，长崎县政府复原“出岛”并修成博物馆，展出荷兰人以及为他们服务的非亚人士当年在这里过着什么样的生活。

服的日本游女陪伴。她们是极少数被允许进入“出岛”并且过夜的日本人，在部分绘画里，还抱着小娃娃，该是跟荷兰人之间生下的混血儿。长崎至今流传着据说受了外国菜影响的风味大餐叫“桌袱料理”，可见当年日本人看大桌上摊开的桌布觉得很特别。至于菜肴，大概是通过被邀请参加宴会的官吏、翻译等传播到外面社会的。

继续看看绘画，有人在外头打羽毛球。看肤色似是马来人，不过是从荷兰殖民地过来的，称作印尼人也许更合适吧。查一下羽毛球的历史，原来发源于英国殖民下的印度，一八七〇年代才传播到英国。果然，这种运动项目流行起来，亚洲比欧洲还早。至于宗主国的荷兰人，绘画里热衷打桌球，也享受地听着仆人演奏的西方音乐。

江户时代的长崎也有“唐船”即中国和东南亚船来做贸

易。一六八九年以后，“唐船”船员也非得留在长崎市内的“唐人屋敷”里了。长崎闻名全日本的异国情调，就是“出岛”的荷兰人和“唐人屋敷”的华人所带来的。德川幕府统治日本的两百多年，长崎是国内唯一通往西方和中国的窗口，在日本其他地方接触不到的外国物品和文化，都集中在这座小城。

例如砂糖；当年是外国船运来的舶来品，通过长崎传播到九州各地，沿途产生了多种特色甜点，今天这条路被称为“砂糖之路”。还有玻璃，据说是“唐人屋敷”的中国人传授的制作技术。叫ビードロ（bidoro、源自葡文vidro，即玻璃）的手工玩具，乃通过细管吹气使玻璃片振动出声的。江户时代著名的浮世绘画家喜多川歌多麿的作品中，就有美女吹着玩耍的场面，直到今天都是来了长崎就不可不买的特产品。又或者说玳瑁制品；江户时代的长崎，有好多家专门店，其中一七〇九年开张的长崎玳瑁店是全日本最古老的一家，至今仍在营业中。诸如此类，长崎垄断了好多种充满异国情调的奢侈品市场。

翻看着爱故乡爱到家的长崎人共同出版的美丽指南书，可知当地人最感骄傲的历史阶段就是明治维新（一八六八年）前后。一个原因是长达两百多年的禁教、锁国政策，无情地勾销了当地人对天主教、对“东方罗马”的记忆。结果，跟地层一般重迭的长崎历史，连在当地人的意识里也只留下最上面的一层，而那又是一九四五年夏天“原爆”破坏一切之前的最后一层。

十九世纪中叶，英国、美国、荷兰、法国等西方国家，都有人赶来新开放的亚洲城市要碰碰运气。日本方面则有想要取得先进知识的年轻人，纷纷来长崎向外国人求学。当时在中国大陆，清朝已经在鸦片战争中失败而逐渐沦落为半殖民地状态。年轻一代的日本武士们，视之为他山之石，恨不得快点推翻德川幕府而建设能跟欧美列强相比的近代国家。为此目的，他们从日本各地蜂拥而来长崎“游学”，要吸收英语、军事、医学等方面的知识。即将在明治维新前与幕府的斗争中起大作用的武士坂本龙马、胜海舟、三菱财阀创始人岩崎弥太郎，如今在一万日圆钞票上印着肖像的庆应大学创始人福泽谕吉等，都在当年的长崎留下了足迹。

之后，日本终于向全世界打开国门，邻近新首都东京的横滨港、邻近商都大阪的神户港等越来越发达，使得长崎作为国际港的地位从此一路滑下坡。这一点，也跟香港开埠以后澳门的处境挺像的。果真是双胞胎！

日本最古老的唐人街

日本的三大唐人街位于横滨、神户、长崎。其中老大无疑是长崎了。

往昔一直有人从中国大陆坐船来日本，九州各地至今有不少叫唐人町的地方，可谓人文证据。一五七〇年，长崎在耶稣会的要求下开埠以后，除了葡萄牙船、荷兰船来做贸易以外，还有浙江、江苏、福建、广东以及东南亚各地的华人商船，运来了丝绸、中药、砂糖等高价商品，日本人根据启航地分别称为“口船”“中奥船”“奥船”。据说，十七世纪初，一年里来长崎的唐船竟多达两百艘，当年长崎人口共六万当中，有一万是华人。一六八九年起，德川幕府要求来崎华人集中住在“唐人屋敷”。如今位于新地町的长崎唐人街，本来是为了保管唐船带来的货物，在“唐人屋敷”对面的海域填埋造地而盖了一排仓库的地方。

从江户时代中期到后期，约两千名华人，在比“出岛”大三倍，共有九千三百六十三坪的“唐人屋敷”里，拜妈祖、观音，过着由日本人看来充满异国情调的中国式生活。果然，长崎人的风俗习惯里，至今有很多明显是受了华夏文化影响的。例如，春天放的风筝、已有三百五十年历史的龙舟赛、起源于重阳节的“九日”庙会时跳的蛇舞、弹着月琴用唐音歌唱的明清乐。还有，每年仲夏日本其他地方都过佛教盂兰盆节的时候，偏偏长崎有放“精灵船”即“彩舟”的习俗，颇像台湾基隆人过中元节的规矩。在长崎，人们去扫墓，也顺便放火花、鞭炮，教其他地方的日本人听了之后不禁目瞪口呆，还受尽文化震荡。

照片 30 九州仅有的六件国宝中，居然两件都在长崎崇福寺，其中之一“第一峰门”是在宁波做好后运到日本来装的。

照片 31 从上海运来的兴福寺琉璃灯非常精致，被长崎市政府指定为文物了。

今天，长崎市内有崇福寺、福济寺、兴福寺等中国寺院，分别为闽北、闽南以及三江（浙江、江苏、江西）社区服务。三个寺院开创于江户初期的一六二九、一六二八、一六二〇年。那是德川幕府严厉取缔天主教，要求所有日本人到佛教寺院注册的年代。显然，旅日华商为了不让当地官吏疑惑，主动建设佛寺的。不过，也有人说，凡是“唐船”都载着妈祖像，到了长崎后，就需要把它移到陆上庙宇去拜拜，所以长崎的“唐人寺”都起源于妈祖堂。总之，如今日本政府指定的国宝中，位于九州岛的只有六件，其中两件都属于长崎崇福寺，可见当年华人盖寺庙所费的心思和金钱多么大。工艺精细华丽至极的第一峰门是在宁波做好后运到日本来装的（照片 30）。另外，从上海运来的兴福寺琉璃灯也非常精致，果然被长崎市政府指定为文物了（照片 31）。

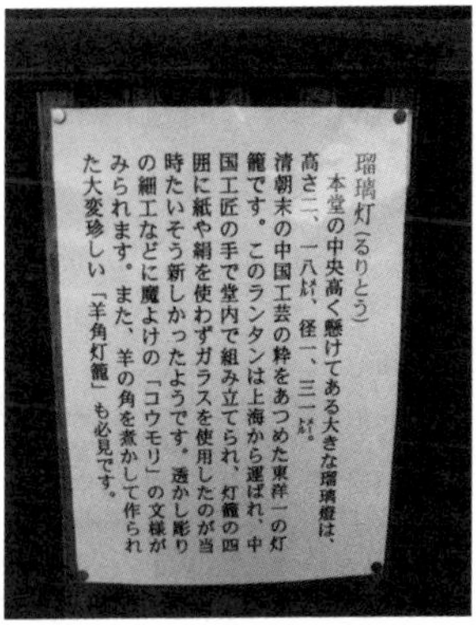

照片 32 长崎崇福寺举行的普渡仪式，在日本甚少见到。

我去崇福寺那天，境内正举行着普渡仪式：在方桌上摆着全鸡、全鱼、猪肉等供物，和尚念经，众人则烧银纸。这是我在日本第一次看到的普渡仪式，感到很新鲜（照片32）。不过，后来听在境内做清洁的婆婆讲：那是给日本游客看的，真正的普渡规模大多了，从日本各地来的华裔善男信女多得人山人海呢。

Chanpon 和唐墨

扬名日本全国的长崎风味 Chanpon 和皿乌龙（さらうどん、saraudon）都来自长崎四海楼餐馆。福建福州人陈平顺，一八九二年单枪匹马来到长崎，先投靠亲戚经营的益隆号商行，后来自行经售布料存资本，一八九九年四海楼餐馆开张。

他不久就娶日本媳妇而落地生根。一九〇五年左右，四海楼的什锦海鲜汤面已以 Chanpon 之名爆红，长崎的其他中餐馆也纷纷推出同名商品。皿乌龙则是油炸过的细面上浇了勾芡全家福的，跟 Chanpon 是一湿一干的关系。一九一三年，孙中山访日，到东京等地演说后，要从长崎坐船回中国之前，当地华侨为他举行了欢送会；在福建会馆七十人参加的酒席，就是由四海楼包办的。现在，第四代老板陈优继当总经理，他有一本著作《Chanpon 和长崎华侨》。

Chanpon 和皿乌龙，可以说跟日式拉面一样是源自日本的中式面点。虽说是华人开发出来的，但都是为了迎合日本人口味而做了调整。如今在东京等地有了源自长崎的连锁 Chanpon 和皿乌龙专门店叫“Ringer Hut”，乃以红色三角屋顶洋房为标志的。卖长崎风味中餐的馆子为何取西洋名字呢？原来 Frederick Ringer 是一八六〇年代经过中国广州来长崎的英国籍实业家，他生前住过的房子，至今在长崎的老洋房博物馆“Glover Garden”里保存下来，乃是当地人人皆知的著名建筑。在一般日本人的印象中，长崎独有的异国情调，就是西洋文化和中国文化相混杂而成的。于是卖日式中餐的馆子取西式字号用西式标志，恰恰投合日本人对长崎之想象。

那么，“唐墨（からすみ、karasumi）”即乌鱼子呢？在日本，肥前国（长崎旧名）的“唐墨”，从江户时代以来，

跟越前国的海胆和能登国的海参肠子一同被誉为三大海珍。也就是说，在日本，乌鱼子向来是长崎的土特产，其他地方几乎没有。至于历史，则传说一五八八年丰臣秀吉来长崎的时候，第一次品尝了此类食品而非常喜欢，问了招待他的当地官吏锅岛直茂这种食品叫什么。锅岛为娱乐首长，当场想出来“唐墨”这么个花名，使得秀吉更乐不可支了。虽然是挺有趣的历史插话，但传说归传说，始终没有文献证据。一六〇〇年左右完成的《南蛮料理书》里，也出现一种舶来食品叫“唐墨”。然而，看看做法，却是用米粉和砂糖做的甜点；这种“唐墨”至今在日本中部的岐阜县岩村町有老字号点心铺制造出售，可惜就不是乌鱼子了。

长崎有不少“唐墨屋”，即乌鱼子专门店。其中最老的一家叫高野屋，创始于一六二〇年，现任老板是第十三代子孙了。高野屋的乌鱼子，一对卖五千到一万日圆，比台北迪化街昂贵一倍，比南部厂家则贵好几倍了。果然，高档商品装在桐木盒子里，好比古董茶具一般，或者说日本最高级的夕张甜瓜。长崎“唐墨”的做法基本上跟台湾乌鱼子一样。据中文史料，高野屋创业的年代，台湾已经有大陆渔民专门来捕乌鱼，为的是加工成乌鱼子以高价出售，未料被新来的荷兰东印度公司征一成税。根据中国中央电视台的美食节目《舌尖上的中国》，如今乌鱼子是台湾土特产，似乎在大陆做乌鱼子的传统早已断绝了。总之，这种海珍在东亚地区的历史，只能追溯到大航海时代。然而，到了欧洲地中海沿岸，其历史竟能追溯到罗马帝国时代去。即使在今天，西班牙、意大利、希腊、土耳其等国家都生产跟中国台湾、日本一模一样的乌鱼子，于是让人推想：也许就是大航海时代的欧洲人把地中海美食传播到东亚来的。

重游澳门

从来没听说过澳门产乌鱼子。难道澳门海域没有乌鱼吗？

一九九九年回归中国以后的澳门，仍有葡萄牙著名的鳕鱼干、辣香肠、微微发泡的绿葡萄酒、刚出炉热腾腾的蛋挞，以及受了东非、印度、马六甲等原殖民地影响的非洲鸡、咖喱螃蟹等。另外，当然还有本地粤菜，当地产咸鱼、蚝油等加工品也颇有名气。澳门的伙食生活丰富多采加上水平高，就是没有乌鱼子罢了。据说，虽然世界很多地方都有乌鱼，鱼群来台湾沿岸的季节里，恰巧母鱼的肚子是最大的，结果腌好的乌鱼子吃起来也最可口。

我曾经旅居香港的日子里，去过几次澳门。二〇一四年八月重游，跟上一次去度假相隔十七八年了。这些年，澳门除了回归中国以外，还被列入世界文化遗产名录，而“威尼斯人”等附设赌场和商场的大规模度假饭店也开张了。果然，游客名副其实地涌来，其中绝大多数是中国人。

酷夏里举家来亚热带原殖民地旅游的大陆游客们，坐满了这座小城的中心议事亭前地，实实在在无立锥之地了。看旅游书登的照片，这里的地面应该是用葡式花砖铺好的，记得以前来的时候确实那样。可是，被疲倦冒汗的游客们占住后，根本看不到磁砖的花样了。我更注意到一个农民模样的年轻母亲，在广场一个角落帮她儿子拉下裤子。天！世界文化遗产的招牌带来过多游客，结果跟本来的意图正相反，加速了遗产的破坏。我在意大利佛罗伦萨、马来西亚马六甲都看见过同样的景象。

“前地”是“广场”一词的澳式中译，议事亭前地四周有原统治者葡萄牙人留下的公家大楼，包括粉刷成白色，散发着崇高优雅氛围的仁慈堂！这里就是东亚历史上最古老的天主教慈善机构了，跟在长崎的短命姐妹组织不同，自从一五六九年创立到今天，成功地经过主权转移，一直开展慈善活动。如今成为世界文化遗产之一的仁慈堂大楼，在其四百五十年的历史中，改建过几次。现在的大楼是十八世纪中叶修建的巴洛克式建筑，十九世纪末改装时采用的新古典主义外观保持到今日。买票进楼上的博物馆参观，展览品以天主教祭器为主，幸亏游客不多，否则木造的内部结构会很快就给糟蹋了。这正是在隔壁的民政总署里发生的悲剧。位于大楼尽头的葡式花园里，有花圃、该国著名诗人贾梅士的半身石像，以及喷水池。水池后方的壁面上装着一对西式狮头，据说左边是祥和之泉，右边是邪恶之泉；我去的时候，右边狮头坏掉了没出水。该不会是谁故意弄坏了邪恶之泉吧。可是谁都能免费进去的地方，各种游客都会来，始终排除不了个别不懂事的家伙闹着玩爬上去拍照等。总之，破坏文物太容易了，尤其对不懂其价值的群众而言。

众游客们来澳门的目的，估计是看世界遗产、赌钱、尝小吃。在一条小巷里，好多人站着吃咖喱味黑轮，B级得很呢。至于文化遗产，大多数人专门看免费的。人家对天主教或殖民地遗产也似乎没兴趣。所以，只要小心选择景点，并不是哪儿都是人山人海。说实在，一天能参观三十来个文化遗产的城市，全世界都没有几个。就这一点而言，澳门地方小算是优势。

澳门的葡萄牙式天主教堂个个都装修得特别精致。全中国第一座西式剧院则好比高级西点店的圣诞蛋糕一样华丽。看来，葡萄牙人对淡黄、薄荷绿、玫瑰红等颜色有偏爱，整座城市美得犹如蜡笔盒子。

大三巴和日本人

从前来澳门的时候，我没有仔细看过历史遗产。当时还年轻不懂事，最关心的永远是自己的感情生活。幸亏，年纪

照片33 澳门的象征大三巴。十六、十七世纪日本被放逐出来的信徒们，来澳门参与了圣保禄学院的建设。部分日本殉教者的骨灰也长期埋在地下；一九九〇年代，澳门回归中国前夕，葡澳政府挖掘出来送回了长崎。

大了，自然会多多少少成熟起来。这回一处又一处地参观，不能不发现：长崎十六世纪末曾拥有，却在十七世纪初的禁教风波里失去的东西，这里倒很多都保留到今天。比如说，仁慈堂、教会附属印刷厂等比比皆是。

如今成为澳门象征的“大三巴”本来是一五八〇年奠基的圣保禄学院前壁，乃两次失火烧掉了整个大楼以后，唯一留下的遗迹（照片 33）。耶稣会创办的圣保禄学院是东亚最早的西式大学，除了给亚洲学生传授西学、神学以外，还对即将要进入中国大陆传教的欧洲修士们传授了中文以及有关中国文化的知识。其中最有名气的非利玛窦莫属。据说，被丰臣秀吉、德川家康放逐出来的日本信徒们也参加了圣保禄学院和附属天主堂的建设工程。可见，当姊妹城市长崎遭受迫害之际，澳门不仅担当了避风塘的角色，而且给日本信徒们提供了继续发扬天主教信仰的机会和场地。当年被放逐到澳门来的日本信徒们，总共达几百名之多。

有位英国出生的旅行家名叫彼得·芒迪（Peter Mundy），一六三六年从英国启航，经过印度果阿，第二年便抵达了澳门。他在此地逗留几个礼拜，其间留下了文字记录和素描，后来以*The Travels of Peter Mundy*之书名，在伦敦出版了。他说，澳门圣保禄天主堂的圆屋顶，是自己看过的教堂中最美丽的一个。他在澳门也看到了日本武士。据他画的素描，他们穿着和服和草鞋，腰边带着日本刀，把头发剃掉一半，剩下来的一半则梳成小小的发髻。他观察到，当年旅居澳门的日本人，有的当贸易船的保镖，有的从事教堂和私人住房的警卫，也有些做石匠、木匠等。估计是那些匠人参与了圣保禄学院的建设。

芒迪也应司祭之邀，去参观了华人教徒小孩子们演出的戏剧，果然以圣方济各·沙勿略的生涯为主题的。一五四九年到日本传教的第一名耶稣会士沙勿略，生前希望到中国去传播福音，可是一五五二年在澳门西南方的上川岛上瞑目，毕生没踏足于澳门，更不用说中国大陆了。尽管如此，他的故事，在澳门信徒之间以传说的形式传承下来。

一五八二年由长崎出发往罗马见教皇的少年使节，也在去路和归路，曾经两次停留在澳门，其中三名后来更正式入圣保禄学院读了神学。一六一四年，德川家康下令放逐全部天主教徒的时候，原属于少年使节的原·马丁诺就迁来澳门，继续从事日文图书的印刷出版；据说，他语言能力特别强，拉丁文运用得非常好。日本第一台印刷机就是少年使节从欧洲带回来的，第一部外文辞典《日葡辞书》也是耶稣会士编撰的。可见，当年天主教对日本文化的影响多么大，统治者感到威胁也不无理由。原·马丁诺一六二九年在澳门去世，遗体就被埋在大三巴底下。

一九九〇年代，即将放弃这块殖民地的葡萄牙政府，对大三巴下面的纳骨堂进行考古学调查，挖掘出来多名神父、修士的遗骨和宗教祭器，如今修成博物馆公开于世。在那儿，光是日本教徒的遗骨就有好多具，其中不少更属于殉教者，显然死后由兄弟教徒们老远运到澳门来埋葬的。

路环岛圣方济各教堂

日本平户、山口、鹿儿岛等地方都有圣方济各教堂。马来西亚马六甲的圣方济各教堂，我也去过了。澳门路环岛的小教堂，也拥有同一个名字（照片 34）。

从澳门半岛南部坐半个钟头的巴士到路环岛，中途经过威尼斯人等巨大的赌博游乐饭店，以及正在建设中的巨大工

照片34 澳门路环岛的圣方济各教堂，涂成奶黄色的外表很可爱，引起不少当地新人来拍照。

地。此地经济的发达，显然在不小程度上依靠着大规模的建筑工程。经济效益应该很大，但一看就不是长期“可持续”（sustainable）的，似乎跟时代的要求不对头。相比之下，我们下榻的路环岛竹湾酒店，晚上去用餐的圣方济各教堂前地雅憩葡国餐馆，另一天买票去戏水的公营竹湾泳池等，都既小又朴素得简直跟华丽旅游区属于两个不同的世界、不同的时代。说实在，葡萄牙殖民地时代和回归中国以后，澳门几乎是两个地方了。不过，怀念过去殖民地的，也许只有伤感的外来游客吧。单单路环岛至今保持着南欧渔村兼华南小镇的风情，就得感激上帝的恩赐了。

路环岛保持渔村小地方的氛围，一个原因是：直到二十世纪初，这里不曾属于澳门，反之属于中国广东省香山县，而且在林瓜四等海盗之占领下。据说，他们绝不劫当地渔船，而专门劫洋船，还把绑票、贩卖军火赚来的战果，慷慨地分给当地老百姓，称得上是劫富济贫的豪杰，对维持治安也很有贡献，理应获得居民的支持。然而，辛亥革命前夕的一九一〇年八月四日，葡萄牙政府以追捕绑架了教徒学生的凶手之名义，由澳门派兵来，不仅抓捕了林瓜四一伙人，而且破坏了村庄。从此路环岛终于在葡萄牙人的统治下了。也就是说，路环岛被并入澳门是才一百多年以前的事。

一九九〇年代，我从香港去澳门路环岛度假，意外地发现了土法制造木制船舶的造船厂、已关门的鞭炮厂、现做现卖咸鱼的摊子等等，渔村风情实在浓郁。这些年，欧洲出身的蛋挞店老板在公车站附近开了西式简餐店，村庄的氛围稍微时尚化了。

据说，直到一九六〇年代，澳门人口的三分之一曾是渔民，而且是以渔船为家的水上人。以前也叫他们为蛋家，因为人家住的船形状看起来像把鸡蛋剖开成两半的样子。如今，他们都在岸上住，生活品质相信改善了吧。怀念舢板密集于避风塘的风情，也恐怕是游客的伤感而已。跟渔业息息相关的造船业，曾是澳门重要工业之一，很可惜也逐渐衰退了。

位于路环村庄中心的圣方济各天主堂，建于葡萄牙占领后的一九二八年，蛋黄奶油色的外观、天蓝色的内墙都特别可爱。这里本来有为葡兵、葡籍官员开设的小礼拜堂，后来有修道院经营的育婴院，收养被水上人家遗弃的女婴，之后才改建成天主堂的。这座小小的天主堂，曾接纳过圣方济各遗骨的手腕部分，当时是全亚洲唯一安放圣遗骸的教堂，因此每年的圣方济各日，都有来自菲律宾、韩国、马来西亚、日本等地的天主教徒来参拜，有时人数多达三千名。现在，圣遗骸已经移到澳门半岛的圣若瑟圣堂里。

一五九七年，在丰臣秀吉的命令下，在日本长崎给处决殉教的二十六名圣人之遗骨，亦曾保管在此处。禁教时代，把信徒遗骨带出国都是冒生命危险的。一九九五年，葡萄牙从澳门撤退的前夕，那些遗骨终于送回日本，如今被安置于长崎的二十六圣人纪念馆。也就是说，他们的遗骨在澳门待了四百年，可见长崎和澳门的姊妹关系直到近年都没有断绝。

路环岛的圣方济各天主堂里，除了耶稣基督和圣母以及沙勿略等圣人的肖像以外，还挂有地图画着耶稣会士从欧洲出发，经东非、印度、马六甲海峡，来到澳门、长崎的路途（照片 35）。里面还有天后妈祖抱着婴儿的绘画。有人说那是圣母马利亚，可是在画的左上方，明显写着“天后圣母”四个字。那形象跟江户时代日本平户的潜伏天主教徒们崇拜的“马利亚观音”颇为相似。显然在庶民眼睛里，慈悲母亲的形象

照片 35（左） 路环岛圣方济各教堂内挂的地图，显示圣方济各从欧洲经非洲、印度、马六甲，终于抵达东方的路途。
照片 36（右） 教堂前广场上的雅憩葡里供应葡萄牙、非洲、印度、中国等地的美味。

超越国境，呈现出极其相似的模样。总之，天主教堂里公开展示异教神仙的肖像，该很少见吧。

天主堂前方的广场中间有一九一〇年驱逐海盗的纪念碑，那是以葡萄牙统治者的立场而言的，当地老百姓的意见也许是另外一回事了。

日暮后，我们就在圣方济各教堂广场边，半露天的雅憩葡国餐馆吃饭（照片 36）。这儿是我梦想了多年，非得有生之年再来不可的老地方。晚上的教堂广场里，有很多不知道从哪里冒出来的男女老少，像是当地人的样子。澳门属于亚热带，夏天晚上出来在户外活动就觉得很舒服。小朋友们在广场上嘻嘻笑着玩捉迷藏，大人们则站着直接喝啤酒罐头冷饮聊聊天。本来就很可爱的小教堂，这时被暖色的灯光照明，显得更加美丽了。入口处挂的牌子上写着“请不要自行进入教堂里拍摄结婚照”，我很能理解当地新人们想要来这里拍纪念照的心理。率先到亚洲传教的圣方济各·沙勿略，升天以后成为了东方地区的守护神。在路环岛的教堂里，不仅有他，还有天后妈祖。东西双方的男女圣人携手保佑起我们的新人来，该无比强吧。

讲回雅憩葡国餐馆的晚餐，我们跟从前一样点当地俗称“波罗白”的葡萄牙产绿酒一瓶、蒜蓉面包、烧沙丁鱼、炸马介休（干鳕鱼）球、烤青口、咖喱螃蟹。以前听到澳门名菜有咖喱螃蟹和非洲鸡，我都想不通究竟是怎么回事。这些年，一点一点地走了“南蛮船”的路线，才晓得当年由欧洲最南端的葡萄牙启航的冒险者当中，有为数不少的犹太裔人士寻找安息之地，他们中途在非洲莫桑比克和印度果阿以及马来半岛马六甲找上当地出身的船员，以越走越多元化的文化结构，最后经澳门抵达了日本长崎的。过去五百年，“南蛮文化”迷住了包括我在内的很多日本人，其本质，好像可以说在于其混血性，换句话说就是世界性了。

图书在版编目 (CIP) 数据

旅行，是为了找到回家的路 / （日）新井一二三著 .
— 上海：上海译文出版社，2019.12
ISBN 978-7-5327-8168-3

Ⅰ . ①旅 … Ⅱ . ①新 … Ⅲ . ①散文集 — 日本 — 现代
Ⅳ . ① I313.65

中国版本图书馆 CIP 数据核字 (2019) 第 219746 号

图字：09-2018-1163 号

旅行，是为了找到回家的路

［日］新井一二三 著
责任编辑 / 刘宇婷　　装帧设计 / 邵旻

上海译文出版社有限公司出版、发行
网址：www.yiwen.com.cn
200001 上海福建中路 193 号
杭州宏雅印刷有限公司印刷

开本 787×1092　1/32　印张 6.75　插页 6　字数 88,000
2019 年 12 月第 1 版　　2019 年 12 月第 1 次印刷
印数 :0,001-8,000 册

ISBN 978-7-5327-8168-3/I · 5031
定价：38.00 元